偽りの少女はあやかしの生贄花嫁

巻村螢

STARTS
スターツ出版株式会社

まだ春が芽吹いたばかりの、しっとりとした寒い夜の中。

全身を黒い和装で包んだうら若き青年の腕の中には、花嫁衣装の白無垢に身を包んだあどけなさの残る娘が収まっている。

娘を見つめる青年の目は触れる手の優しさとは裏腹に冷たく、彼の腕を控えめに握る娘の手は恐怖で震えている。

「俺の妻となるか」

青年に問われ、娘が頷けば、感情のない形式的な口づけだけが交わされた。

『嘘つきの私は、きっとすぐに殺されるわ』

そう思っていた——のに。

「俺の妻になってくれないか」

今、青年が娘に向ける目は、溶けてしまいそうになるほど熱く。

「きっと、俺は最初からお前に恋をしていたんだ」

交わされた口づけは、痺れるほどに甘い。

春が満開に色づいた夜の中、娘と青年は初恋の幸福を知った。

目次

序章　新たな黒王と身ごもった花御寮　9

第一章　ひとりぼっちの嫁入り　17

第二章　常世のあやかし　55

第三章　すれ違う恋　133

第四章　ふたりの初恋　195

終章　最愛の名を呼ぶ　251

あとがき　278

偽りの少女はあやかしの生贄花嫁

序章　新たな黒王と身ごもった花御寮

『若……本当に人間から嫁を取られるんですか』

『取るも取らないも、俺が決めることじゃない』

『いくら古くからの習わしでも、もういい加減よろしいじゃないですか！　そろそろ人間と決別したって、誰も文句は言いませんよ』

近侍の灰墨が、怒ったように声を荒げて訴えていた。

『人間は理解できないものを畏れるからな』

『人間なんて……っ、いくら僕らが優しくしようと怖がってばかりで』

『烏ってだけで、勝手に不吉って決めつけて僕らをバケモノだなんて言う。なにも知らないくせに。どうせ若の相手だって、そんな人間たちと同じですよ！』

今朝の灰墨との会話を思い出し、男はひとり、憂鬱なため息をついた。

歩くたびに地面に落ちた枯れ葉がさくっ、さくっと鳴く。

木々に覆われた山はすっかり色を失い、空すらも灰色に淀んでいる。

「ああ……どうりで寒いはずだ」

男が木々の隙間から空を見上げると、白い綿帽子がゆっくりと舞い落ちてきていた。

手にのった綿帽子は一瞬だけひやっとして、あっという間に熱で溶けていく。

「雪か」

ほう、と吐いた息は白く、髪色も身に纏った着物の色も黒ずくめの自分の口から出た色にしては美しすぎるな、と男は自嘲した。

男は小高い山の中でひとり佇んでおり、眼下には彼の棲まう郷が見えている。

あやかしの世界――〝常世〟に棲まうあやかしの郷の中では、鴉一族の郷は規模が大きいほうだ。

今は父が一族の長――黒王として治めているが、それもいつまでもつことか。

父は病に伏せっており、郷の中ではそろそろ代替わりをとの声がチラホラとあがっていた。特に最近は、よそのあやかしが郷の外をうろちょろしていると聞く。

大方、黒王が伏せっている今ならば攻め入る隙があるかも、などと考えているのだろう。

このような状況では、いつ自分に黒王の座が回ってきてもおかしくない。

座についたらば郷の皆をまとめ、守っていくのが役目となる。

「はぁ……俺が黒王なあ……」

男は憂鬱なため息をついた。

黒王になるのが嫌なわけではない。黒王になった者に課された〝習わし〟が煩わしいのだ。

古からの習わしで、黒王の嫁は〝花御寮〟と呼ばれる人間の娘でなければならないと決められている。

もちろん自分の母も人間であった。

母と言うより、自分を産んだだけの人間と言ったほうが正しいが。

彼女は自分を身ごもったとき、なにを思ったのだろうか。産むとき、どのような思いで苦しみに耐えたのだろうか。

まあ、母亡き今では知りようもないが。

それに、知ったところで自分にはどうしようもない。

あやかしという存在は、人間の住まう現世(うつしよ)では恐れられ嫌われる対象だ。そのような者のところへ単身で嫁いでくる者と、どう接したらいいのか分からない。

黒王の役目は、郷を守り跡継ぎを残すことにある。

父は間違いなく、その任は果たしていた。

しかし、父は幸せだったのだろうか。

両親は、夫婦だったのだろうか。

夫婦とは……なんなのか。

そんなことばかり考えていると、「若ー！」と叫びながら山を駆け登ってくる者の姿が視界に映った。よほど慌てているのか、ぜぇぜぇと、ここまで聞こえてきそうなほど息を荒くしつつも、何度も自分を呼び続けている。

「ここにいる。なんだ」

「そちらにおいででしたか、若！　今すぐ屋敷へとお戻りください！」

嫌な予感がした。

「黒王様がご逝去なさいました！」

あぁ、と男は天を仰ぎ、目を閉じた。

先ほどより勢いを増した雪が、次々と顔に触れては雫となって流れ落ちていく。

目尻を伝う雫だけが、ほんの少し温かい気がした。

「すぐに行くから、お前は先に戻り里長たちを屋敷に集めておけ」

「かしこまりました」

ばたばたという足音が遠ざかり聞こえなくなれば、しんしんと静かな世界がまた戻ってくる。

「俺の花御寮か」

期待はしていない。

どうせ今までの花御寮と同じく、異物に向けるような冷めた目で自分たちを見て、「バケモノがっ！」と泣き叫んだあげく、すぐにいなくなるのだろうし。

それでも、郷の習わしは拒否できない。

「どうせなら、性格が悪い娘のほうがいい」

そうすれば、単身で常世に嫁いできてもらう罪悪感も、幾分かましになるというもの。

「口汚く罵ってくるような相手ならば、いなくなろうと痛みも寂しさも感じないだろうしな」

男は目を開けると同時に、灰色の空に向かって片口を吊り上げた。

降りしきる雪。

周囲にある針山のような枝には、うっすらと白が積もり始めている。

男は顔を正面に戻し、眼下で白くなりつつある郷に向かって、ゆっくりと山を下りていく。

「そうか、父上が……」

着物の上にかけていた羽織を、胸の前できつくたぐり寄せる。

色のない世界は、凍えそうなほど寒かった。

こうして、新たな黒王は現世より花御寮を迎え入れたのだが……。
その女、既に身ごもっていたという。

第一章　ひとりぼっちの嫁入り

1

雪が今にも落ちてきそうな鈍色(にびいろ)の空を見上げながら、菊は屋敷への道をとぼとぼと、力ない足取りで戻っていた。

小脇に抱えた籠には、よく肥えた大根や葉の締まった白菜、コロンとしたふきのとうなどの野菜がのっている。

「ちょっと、菊(きく)！　なんでこんなところにいるのよっ！」

「きゃあっ!?」

あまりに突然のことで、菊は振り返る暇もなく砂利道に倒れ込んでしまった。

背中を強く押されたのか、ジンジンとした痛みがある。背中で結っていた三つ編みもはずみで解けたようで、夜色をした長い髪は地面に広がって白く汚れる。

「――ッレ、レイカ姉様……」

驚きに振り返れば、そこにいたのはこの世で菊が一番恐れている、従姉のレイカであった。

「あーあ、ただでさえうねうねしてみっともない髪が、余計に汚くなっちゃったわね」

彼女は不機嫌極まりないと、猫のように吊り上がった目をさらに吊り上げてこちらを見下ろしていた。肩口で柔らかくまとまる内巻きの髪を、菊との差を見せつけるように鼻息と共に手で払う。

レイカはいつも『これが、今街で流行ってる髪型なのよ』と街になど出られぬ身の菊に、お前と自分はこんなにも違うのだと言うように見せつけてくる。

わざわざそんなことをしなくても、自分の立場はわきまえているというのに。

レイカの髪は収まりのいい綺麗な髪だが、菊の髪はくせっ毛で、三つ編みでまとめていないと大きく広がってしまう。

それだけでなく、身に纏う着物すら天と地ほどの差があった。

レイカの着物は、街で買ったという流行の薔薇柄が入った鮮やかな反物で作られているが、菊のは他の使用人の古くなったお仕着せをもらい、自分で修繕してもう何年も同じものを着ている。

小綺麗なレイカと並ぶと、菊のみすぼらしさがよりいっそう際立った。

本来、従姉妹であるためレイカと菊は似た顔立ちをしているのだが、纏う雰囲気は真逆で、似ていると言われたためしがない。

菊は、そんな自分と違う美しいレイカを見ていたくなくて、視線を切った。

その拍子に、自分に彼女以外から視線を向けられていることに気づく。

レイカの隣で、年若の男が裾がはだけて露わになった菊の白い足を、ニヤニヤとやに下がった顔で眺めているではないか。

「ひっ……！」

たちまち菊の顔が青ざめる。裾を引っ張り足を隠し、身を守るように丸く小さくなった。

「よう、菊ちゃん。いつぶりだっけ」

男はニヤけた顔を近づけて俯いた菊の顔を覗き込み、ねっとりと語尾を上げ挨拶を口にする。

「やだ、そんな子に声なんてかけないでよ、一平」

「なんだヤキモチか、レイカ？　そんなんじゃねえよ」

なあ、と男が菊に同意を求めるも、菊はビクリと身を震わせるばかり。

「そんな子にヤキモチなんか妬くわけないでしょ！　冗談でも気分が悪いわ！」

「おいおい、冗談だって。拗ねるなよレイカ。俺が忌み子なんか気にかけるわきゃねえだろ？」

レイカがふいっとそっぽを向くと、男はレイカの機嫌を取るように肩を抱き、頭に口を寄せた。

「俺の女はレイカだけだって」

「んもう……」

頭上から聞こえるレイカの甘ったるい声を無感情に聞いていたら、突然彼女に

「菊！」と呼ばれた。

弾かれたように顔を上げると、彼女は勝ち誇った顔でこちらを見ており、自分との差を見せつけるかのように男の胸にすり寄っている。

すると、先ほどまでの猫撫で声はどこへやら。凄みのきいた声が降ってきた。

「そういえば、あんた。誰の許しを得てこんな真っ昼間から家の外に出てんのよ」

菊は視線を逸らすようにして、道に散らばってしまった野菜や籠を見やる。

「ツル子さんが、畑から野菜をとってくるようにと」

「チッ、あのババア。使用人のくせして怠け者ったらありゃしないわね。帰ったらお母さんに言いつけてやる」

きっと怒られた使用人の怒りの矛先は自分へ向くのだろうと、菊は来たる不幸に耐えるようにグッと拳を握った。

「いい？　あのババアがなんと言おうと、日が高いうちはあんたは家の中の仕事だけやってなさい。あんたみたいな忌み子、村をうろちょろしてるだけで不愉快で仕方ないのよ。分かった⁉」

「……はい、レイカ姉様」

従順な返事があったことで、ようやくレイカの怒りも収まったようだ。「ふぅー」と彼女が長めの息を吐けば、ヒリついていた空気も少しはましになる。

「従姉妹だからって、どうしてこんな忌み子の面倒を古柴家で見なきゃなんないのよ。ていうか、こんなのと血が繋がってるだなんて、嫌すぎるんだけど。本っ当、目ざわりだわ！」

「申し訳ございません」

レイカは、足元で砂まみれになってしゃがみ込んでいるみすぼらしい菊を一瞥すると、ふんっと鼻を鳴らし、一平と呼ばれた男に肩を抱かれ村の中心部へと消えていった。

ふたりの姿が見えなくなると、菊はのろのろと動き始め、拾った野菜を再び籠にのせていく。そうして籠を抱えて立ち上がろうとしたとき、草履がずるりと滑った。

「あ、鼻緒が」

ただでさえボロボロの草履の鼻緒が千切れていた。転んだ拍子に切れてしまったのだろう。辺りを見回し、なにか結べそうなものはないかと探す。

そこで菊は、周囲には村人たちもいたのだと初めて気づいた。

皆、菊の視線に気づくと顔を逸らし、まるでそこに誰もいないかのような振る舞いをする。

村には何百人と村人がいるのに、それでも菊はひとりぼっちだった。

菊は壊れた草履を脱いで手に持つと、逃げるように屋敷へと戻るのであった。

「ふぅ」と疲れた息を吐いて、菊は冷たい壁に背を預けた。

古柴家の半地下に築かれた四畳半程度の座敷牢。

それが菊に与えられた古柴家での居場所であり、ここ『界背村』で菊が唯一安心して息がつける場所だった。

かつては牢という名のとおりの使われ方をしていたらしいが、今では鍵すらかけられておらず物置兼菊の部屋となっている。

「ここにはレイカ姉様も来ないし、少しだけ気が楽だわ」

年中薄暗くジメッとしており不気味だと、レイカだけでなく叔父母も近付かない。

確かに座敷牢の格子に残る、誰のか分からない爪痕などは正直不気味だが、それでも菊にとっては自分を虐げる者たちから守ってくれる結界のようなものだ。

菊に与えられた自由は、この座敷牢の中とわずかな夜の時間だけ。

古柴家の親類だというのに、レイカたち親子からの扱いは使用人以下だった。

日が昇っている間は屋敷の外に出ることは許されず、使用人とは名ばかりで奴隷のように働かされ、同じ使用人にも見下されている。また、村人には忌み子と呼ばれ、同じ村に住んでいるというのに、存在を認められることすらない。

しかしそれに関しては、菊は仕方ないことだと諦めていた。

事実、菊は他の村人とは違うのだから。

界背村の者たちは皆、村生まれの両親を持ち村で生まれた、界背村だけの血を持つ者たちである。それに対し、菊は村の血を半分しか持たず、生まれたのもこの村ではない。

菊は、彼女の母親が村外の男との間に作った掟(おきて)破りの子――〝忌み子〟であった。

帝国に『外つ国(とくに)』の文化が入ってきて久しいというのに、村人たちの格好は着物に草履や下駄。建物は歴史を感じさせる木造家屋で、場所によっては茅葺(かやぶ)きも残っている。

決して村の人口が少ないわけでも、老人ばかりというわけでもない。

にもかかわらず、なぜこの村が時を止めたように人世の色に染まらないか。

それは、界背村が人世とは少々異なる性質を持った村だからだ。

界背村には、絶対に破ってはならないふたつの掟がある。

そのひとつが、『村外の者と子供を作ってはならぬ』というもの。

なぜ、村人同士でしか婚姻が認められないのか、それはひとえに村の生業(なりわい)にあった。

帝国一番の賑(にぎ)わいを見せる帝都。

そこから遠くに見える山陰の一画、入り組んだ山間部に界背村は存在する。

村人か、村をよく知る取次役の案内人がいなければ、決してたどり着けないこの村の生業は〝祓魔〟であった。

かつて、現世と常世との境界がまだ曖昧だった時代、つまらない悪戯ばかりする魑魅魍魎の数は多く、現世だけでなく、常世さえも手を焼く存在だった。

そこで、常世はひとつの決断を下す。

常世の治安を司るあやかし一族に、現世と常世と両方の魑魅魍魎を退治するようにと命じたのだ。

しかし両方となると、とてもその一族だけでは手が足りない。

そこで一族の長は現世の者たちに力を分け与え、現世の魑魅魍魎は現世の者に退治させることにした。

このときに祓魔の力を与えられた者たちが作った村のひとつが、界背村だったと伝わっている。

おかげで祓魔の血を守るために、このような掟が課されたのだ。

しかし、菊の母親は掟を破った。止める両親をふりきって村を飛び出し、村外の男との間に子供をもうけたのだ。

そして菊が三歳の頃、突然ふらりと村にやってきて叔母に菊を頼むとだけ言い残し、また姿を消したらしい。

叔母から菊に向けられる冷たい目は、本来は母に向けられたものなのだろう。

いつも『お前のせいで！』と罵りながら、叔母は菊に折檻をする。

菊の祖父母――つまり母と叔母の両親は、母が村を出て掟を破ったことにより、村人からの視線に耐えられず病んで早逝したそうだ。

掟破りの子を出した家というのは、菊に対する風当たりの強さから考えても、よほど肩身の狭い思いをしたことが想像できた。叔母に対しては、既に村でも大きな古柴家に嫁いでいたこともあって、表だった非難はなかったようだが、それでもやはり相応の目は向けられてきたのだろう。

事実、菊が母に捨てられたときも、村長は身内の恥は身内で解決しろと叔母にいっさい手を差し伸べなかったのだから。

それを考えると、こうして無事に生きていられるだけで幸運なのかもしれない。

だから、たとえ日々をつらく思っても口にしてはいけない。

「仕方ないもの。私は本来生まれてはいけない忌み子なんだから」

菊は諦めが滲んだ声でひとり呟いた。

◆

夕食の後、菊が片付けをしていたら、レイカの告げ口により叔母に怒られたであろう使用人のツル子がやってきて、案の定長々とした小言をもらってしまった。

おかげで明日の朝食の片付けは、すべてひとりですることになった。

朝のキンキンに冷え切った水は手が痛く、この時期の朝食の片付けは皆嫌がる仕事だ。

菊は節々が赤くなった手にはぁと息を吹きかけながら、屋敷裏に広がる雑木林の中を歩いていた。

空には半分になった青白い月が輝き、葉っぱが落ち枝だけになった木々の上から煌々と足元を照らしている。

おかげで、雑然とした林の中だというのに夜でも転ばずに歩ける。

昼間切れた鼻緒は、着れなくなった自分の着物のハギレを使って修理した。そのため左右で鼻緒の色が違ってしまっている。

ちぐはぐな鼻緒を見ながら、菊は『まるで自分のようだ』と小さく嘆息した。人が起きている昼ではなく、寝静まった夜にしかこうして外を歩けない、普通の人とは違うちぐはぐな自分のようだと。

古柴家から菊に与えられた、夜というわずかな自由時間。

昼間、屋敷の外に出ないように言われているのは村人たちの目を避けるためであり、古柴家にとって菊はいなくなれと願いこそすれ、家に置いておきたくない存在なのだ。

「叔母様たちは、きっと私に消えてほしいんでしょうけど……」

皆が寝た後の夜であれば、もし菊が消えたとしても古柴家は気づかなかったと責任を負う必要はない。

「消えられるものなら消えたいわ」

しかし、それは自殺と変わりない。

村にやってきた三つの頃から、はや十五年。菊はこの村以外で生きる術などなにも知らなかった。

「でも、死ぬ勇気なんて私にはないのよ」

そう、ポツリと呟いたときだった。

「きゃっ!?」

突如、先の方でバサバサと枯れ葉が踏まれたような騒がしい音がして、菊は思わず腰を抜かしてしまう。

以前、夜に村の中を歩いていたら、昼間に会った一平という男と出くわして、嫌な目に遭ったのだ。だから、今夜は人けのない雑木林を選んだというのに。

とっさに身を守るように、ギュッと両手で身体を抱きしめる。

「ど、どなたでしょうか……!?」

菊は震えながら声をあげたが、音がする場所からの返答はない。

不思議に思い恐る恐る近寄ってみると、暗闇にいたのは人ではなかった。

「鳥？……って、まあ！　羽を怪我しているじゃない」

枯れ葉に埋もれていたのは、片羽から血を流した鳥だった。

暗がりの中向けられた目は、揺らぎつつも威嚇しているかのように逸らされない。

そのまま菊から逃げようと、後ろへひょこひょこと下がろうとしているのだが、うまく歩けないでいる。

「大丈夫よ。痛いことはしないから大人しくしていて」

菊は自分の着物の裾に歯を立てて細長く引きちぎり、血が出ている部分を優しく包んだ。

最初は菊の手から逃げようとしていた鳥も、菊に危害を加える意思がないと分かると、途端に大人しくなる。

「あなた、珍しい色の羽根と目をしているのね」

月明かりの下でまじまじと見れば、鳥の羽根はよくある黒ではなく羽先のほうだけ淡い紫色に染まっており、くりっとした丸い目も紫色だと分かる。

「とっても綺麗な色だわ」

烏はまるで言葉を理解したかのように、菊の顔をじっと見つめてきた。

紫水晶のような瞳はとても澄んでいて、そのまま内側に引き込まれてしまいそうになる。

村人たちが菊に向ける目はいつも濁った感情がはびこっており、目を背けたくなるものばかり。だから、生まれて初めて向けられた悪意のない純粋な眼差しというものが、菊にとってはとても新鮮だった。

紫と黒の瞳が、静かに視線を交わしていた。

菊は烏の意思を汲み取ろうと見つめ続け、そしてひとつの結論に思い至る。

「あ、そうよね。その羽じゃ食べ物を探しに行けないものね」

菊は「待ってて」と言うと、近くにあったコナラの木の根元をかき分けてどんぐりを拾い集め、それを烏の前へと置いた。

「はい、これで足りるかしら？　足りなかったらごめんなさいね。そろそろ私もお屋敷に戻らないといけなくて……」

正直、あまり戻りたくないのだが。

菊は烏の背をひと撫でると、寂しそうに微笑んだ。

「また明日、様子を見に来るから、そのときにはいろいろ持ってきてあげる」

まだ、じっと見つめてくる烏を名残惜しそうにチラチラと振り返りながら、菊は屋敷へと戻った。

2

突然、両親と一緒に昼食をとっていたレイカが、そうだとばかりに喜色に満ちた声を出した。

「ねえ聞いてよ、お父さんお母さん。実は一平がね、今回の仕事から帰ってきたら結婚しようって言ってくれたのよ！」

箸を持ったまま、レイカは嬉しそうに肩を跳ねさせている。

「ああ、一平くんは今、祓魔の仕事で村を出ているんだったか」

「依頼があった場所がちょっと遠いらしくて、ふた月くらいかかるんだって」

「なるほど。レイカの誕生日は来月だったな」

父親はレイカの喜びを認めるように、微笑顔で大きく頷いた。

「来月でレイカもやっと二十歳ですものね、よかったわあ」

レイカの隣で同じく昼食をとっていた母親もふふと笑い、レイカを抱きしめる。

「ああ、本当にめでたい。二十歳の祝いは盛大にしなければな」

「やったあ！　それじゃあ帝都にできた〝かふぇー〟ってところに連れてって！　な

んでもすっごい黒い飲み物があって、牛乳に混ぜて飲むとおいしいらしいの」

レイカの二十歳の誕生日を、全員がこれほど喜んでいるのにはわけがあった。

「レイカが無事に〝花御寮の候補期間〟を抜けることができてなによりだ」

「これでもう、いつバケモノの花嫁になるかって怯えなくて済むわ」

〝花御寮〟――それが絶対に破ってはならない村の掟のもうひとつだ。

人世と隔絶したような山奥の村でも貧しさに嘆くことなく成り立っているのは、ひとえにあやかし一族から祓魔という力を与えられたからだ。

しかし、なにかを得るには相応の代償はつきもの。

あやかし一族は界背村に力を分け与える条件として、『一族に新たな黒王が立つとき、王の嫁となる花御寮を差し出すこと』という約束を結ばせた。

このときのあやかし一族こそが『鴉』と呼ばれる一族であり、最初に約束を交わした村長以外、誰ひとりとしてその姿を知らない。

恐らくはその名のとおり、烏のあやかしだろうというのが村人たちの認識である。

おかげで常日頃レイカは、『王って言っても烏なんだし、きっと陰湿で粗暴で汚い目をしたおぞましいバケモノに決まってるわ』と顔をしかめていた。

もちろんそのように認識しているのは、レイカだけでなく他の村人たちも同じで、皆、花御寮とは人を食べるための建前であり、本当はただの生け贄だと言っている。

花御寮として嫁いだ者のその後はいっさい分からず、それがまた恐怖に拍車をかけていた。

そして、この花御寮の候補になる娘の歳は十四から十九と決まっており、その間は純潔を守らねばならない。

ゆえに、村の娘たちは十四になるのを泣いて嫌がり、このように二十になるのを家族して喜ぶのだ。

「はぁ、これで胸のつかえもとれるってものよ――って、あら」

喜びにひと息ついたレイカは、お茶を飲もうと湯飲みに手をかけたが、中身が空になっていることに気づき声をあげた。

「ねえちょっとー、お茶を持ってきてー」

そこへ、新たな急須を持って菊がやってきた。

たちまち部屋の空気がピリッと険悪なものになる。

菊もその雰囲気を察し、レイカの湯飲みにお茶を注ぐと急須を置いてすぐに立ち去ろうとした。が、レイカが菊の手を掴んで引き留めていた。

え、と驚きの目を向ける菊に、レイカは下からニヤリと片口をゆがめていやらしい笑みを向けてくる。

「あたしさぁ、来月の誕生日を迎えたら一平と結婚するの」

彼のことは、村の若手では一番の男前だとレイカによく自慢されていた。しかも、彼の実家である成矢家は、古柴家と同じく村の顔役をしており、それなりに大きな力があるらしい。

『村の女たちの羨望の視線が困るわぁ』と、いつもレイカはまったく困ってなさそうに、恍惚とした表情で言うのだ。

しかし、菊にとっては苦々しい思いのある男である。

あの、やに下がった顔を思い出せばおぞましい記憶が蘇り、慌てて追い出すようにして頭を横に振った。

「そ、それはよかったです、レイカ姉様」

控えめに笑えば、なぜかレイカは眉をひそめた。

「本心で言ってる？」

「は、はい……もちろんですが」

レイカは片口だけを吊り上げ、ハッと鼻で一笑する。

彼女が成矢家に嫁いでくれたら、やつあたりや無意味な折檻にさらされることもなくなるだろうと、本心でよかったと言ったのだが。どこが彼女の癇にさわってしまったのか。

レイカの気持ちが分からず、戸惑いがちに視線をさまよわせていれば、突然掴まれていた手を強引に引っ張られてしまう。

「あっ！」と声をあげたときには、菊は畳に顔から突っ込んでいた。打ちつけた頬がヒリヒリする。

「知ってるんだから」

菊が転んだことで目線が高くなったレイカは、畳に這いつくばる菊を冷めた瞳で見下ろす。

「あんた、一平にちょっかい出したんでしょ？」

「え」

「え、じゃないわよ。白々しい！」

「――ッぐぅ！」

前髪を鷲掴みにされ、無理やり顔を上げさせられた。

菊が苦しそうな呻きを漏らしても、レイカの手は容赦なく菊の髪を掴み上げる。仰け反るような形に首が痛みに軋んだ。

「そ、な……出して、ま……せ……っ」

「嘘ばっかり！」

「それは本当なのか、レイカ。菊が一平くんに手を出したというのは」

レイカの菊への仕打ちを黙殺していた叔父が口を開き、じろっと菊に目を向ける。

「本当よ！　この間一平が、夜中に村で菊と会ったって言ってたもん！　言った後に慌てて見ただけだってごまかしてたけど、一平の口から急に名前が出てくること自体がおかしいのよ！」

ギリギリと、さらに頭を後ろへと引っ張られる。

「そ、それは……っ」

違う。が、本当のことを話せば、もっとレイカの怒りを買ってしまうため、菊は口をつぐみ目を閉じ、この苦痛の時間を耐えることしかできなかった。

そうして、やっとレイカの手が離れた次の瞬間、耐えがたい苦痛がさらに菊を襲う。

「この売女(ばいた)！　忌み子のくせして姉の男を盗ろうとするだなんて、なんてはしたない恥知らずなのかしら」

「熱(あつ)ッ！　いや……っあ、やめてください……っ！」

叔母が、先ほど菊が持ってきた急須のお茶を頭からかけていた。

菊は手で頭を覆い熱さから逃れようとするが、逃がさないとばかりに叔母は急須を傾け続ける。そして最後に、すべてかけ終え空になった急須を、菊の身体めがけて思いきり投げつけた。

「ぐっ！　ぅう……」

びしょ濡れになった菊は、畳の上で痛みに身体を丸くする。

その姿を見て、叔母は嘲笑を向けた。

「あらまあ、まるで芋虫のバケモノみたいで気持ち悪いわ」

「あははっ、本っ当！　あーあ、バケモノなら菊が花御寮になればいいのにね。バケモノ同士お似合いだってのに」

菊は今十八だが、十九のレイカと違い花御寮候補ではない。

「本当に。忌み子のくせに花御寮候補にはなれないっていうんだから理不尽なことです。次に花御寮に選ばれる村娘が憐れでなりませんよ」

村の者の血を半分しか受け継がない忌み子である菊は、花御寮になり得ないのだ。

「確かにな。だがしかし、前回の嫁入りからすると、花御寮を求められるのはもう少し先だろうな」

叔父は何事もなかったかのように、椀の吸い物に口を付け食事を再開させる。

「それに、忌み子など黒王様も要らぬだろうよ。人だけでなくバケモノにも必要とされぬとは、憐れな子よのう」

とても冷たい声だった。憐れだと微塵も思っていない。それどころか、菊を同じ人間とすら思っていないのではと感じるほどの無機質な声音だ。

濡れた着物は急速に体温を奪い、菊の身体は小刻みに震えていた。

しかし、誰もそんな菊を気にも留めようとしない。それどころか、家主である叔父が食事を始めたことで、叔母もレイカも食事を再開する。

濡れた着物は重い上に肌にまとわりついて不快で、首や背中には鈍い痛みが残っていた。それでも菊は一刻も早くこの場を離れたくて、身体を起こし引きずるようにして部屋を出ていこうとする。

その背にレイカの声がかかった。

「菊、この世にあんたを必要とする人なんていないのよ」

ふすまに置いた菊の手がピクッと反応する。

それを知ってか知らずか、レイカはさらに嘲笑混じりに呪いにも似た言葉を吐いた。

「あんたは一生ひとりぼっちなんだから」

菊は震える小さな声で「失礼します」と言って、ようやく部屋を出た。

ふすまを閉めた瞬間、菊は部屋の前で唇を強く噛んだ。

目が痛いほどに熱く、唇でも噛んでいないと、込み上げる不安と心細さが目からあふれてしまいそうだったから。

◆

「……はっ……はぁ……っ」

夜になり、菊は屋敷を抜け出し雑木林の中をずんずん進んでいく。

こすりすぎた目尻が冷気にあたってヒリヒリと痛んだ。

月は雲間に隠れ、昨夜と違って足元がおぼつかない。それでも菊は、できるだけ人けのない寒い方へ寒い方へと進んでいく。

夜風に手がヒリヒリとする。それは、昼間の折檻の忌まわしき名残。

お茶を淹れてから時間が経っていたこともあって、水ぶくれになるほどの火傷はしなかったが、頭を庇っていた手は赤くなっていた。

頭の中では、昼間にレイカから言われた『一生ひとりぼっち』という言葉がぐるぐると渦巻いていた。

「……っそんなの分かってるわ。私は生まれたことが間違いの忌み子だもの」

覚悟していたことだ。

しかし、誰かの口から改めて言われると、言葉が示す将来に心が凍えそうだった。

身体を抱きしめ、その場でうずくまる。しかし、いくら肌をさすろうとも身体は温かさを感じない。

突然、バサバサッと頭上で大きな音がして驚きに顔を上げれば、星が輝く黒い夜空の中に一段と濃い黒があった。目を凝らして見ていると、それは突如両腕を広げたように大きくなり、先ほど聞いたものと同じ音をたてて菊の前に舞い降りる。ちょうどそのとき、雲間から顔を出した月が薄光を地上に落とした。

「あなたは昨日の……」

目の前にいたのは、羽根先と瞳が紫色の特徴的な烏。

「あ、そうだったわ。これを持ってきたの」

菊は懐から、赤や茶の木の実や干し柿を取り出し、烏の前に並べていく。

「といっても、もう充分に飛べるようだし必要ないかもしれないけど……」

木の上から舞い降りてくる姿はとても雄々しく、怪我をしているとは思えないほどだった。

きっと人が用意したものより、もう自分で食べたいものを獲れるのだろう。こんなことでも自分はやはりなんの役にも立てないな、と菊は苦笑したが、烏は赤い実をひとつくわえると、コクンと食べてみせたのだ。

まるで、礼を言うように。

烏の行動に、菊は目を丸くして瞬かせ、ふっと小さく噴き出した。

「ありがとう、優しいのね」

しかしそれも一瞬。膝を抱いた腕に顔をうずめ、小さな嗚咽(おえつ)を漏らす。

鳥の行動に優しさを見出してしまった自分は、それほど人世では優しさと無縁なのだなと思い知らされてしまった。

きっとこの先も、自分は一生誰かの温かさを知ることはないのだろう。

しかし、それが忌み子である自分の宿命。

「私は一生……ひとりぼっちだわ……」

寒くて凍えそうな夜、一羽の鳥だけが菊の寂しさをじっと見つめていた。

3

菊が紫色の鳥と出会って半月、寒々しかった木々に緑が芽吹き始め、落ち葉の下から新たな命が顔を出し始めた早春の頃。

界背村の集会所は、異様な緊張感に包まれていた。

場に集まったのは村長の他、顔役と言われる村でも大きな有力家の面々。その中にはレイカや一平の父親も含まれており、レイカの父親は今し方村長が言った言葉に、苦々しい顔で腕組みをした。

「本当ですか、村長!?　新たな黒王様が立ったというのは」

ジロリ、と村長の横目を向けられ、レイカの父親は出かかっていた言葉をのみ込む。

「お主は、人語を話す鳥を見たことがあるか？」

「その使者が偽物ということは！」

「ああ。先日、使者がわしの枕元に立ちおった」

しかし当然、戸惑いを胸に抱いたのはレイカの父親だけのはずがなく、彼ひとりが黙ろうと、車座になったあちらこちらからザワザワと声があがっていた。次第にざわめきも大きくなり、そしていよいよ場に不安が充満しようとしたとき、村長が煙管を灰落としの縁に「カンッ！」と打ちつけ、静寂を取り戻した。

「嘘か真かなどどうでもいい。とにかく向こうは花御寮を欲していて、こちらは契約どおり、誰かひとり村娘を差し出さねばならぬ」

顔役たちが一斉に俯いた。膝の上で拳を握る者もいれば、顔を両手で覆ったり額を押さえたりして呻いている者もいる。

彼らには年頃の娘がおり、それはレイカの父親も例外ではない。

「なぜ、今なんだ……っ」

あと半月、いや、一週間後にはレイカは候補から外れる予定だったというのに。唇を噛むも、どうしようもなかった。

「仕方ないのだ。そうやってこの村は生きてきたのだからな」

再び、村長が煙管を二度、カンカンと灰落としの縁に叩きつければ、呻いていた者たちの顔が上がる。

村長は車座の真ん中に、何十人と花御寮候補の名前が記された連判状を広げた。紙に記された名前の多さを目の当たりにして少しは落ち着いたのか、顔役たちの表情に幾分か安堵がおとずれる。

皆が皆、これだけいるのなら自分の娘には当たることはない、と思ったのだろう。

「さて、嫁選びを始めるとするか。神事ゆえ、決定後は掟に背くこと、逃げることは許されぬからな」

固唾をのんで皆が見守る中、村長は懐から取り出した小刀を脇に置いていた酒で清め、祝詞を唱えると、連判状の上めがけて放り投げた。

小刀は空中でクルクルと回転しながら連判状へと落ちていき、ひとりの名前に刃を突き立てた。

誰だ誰だと、興奮気味に男たちが一斉に紙に群がる。

そして名前を確認した者は皆、安堵半分申し訳なさ半分といった曖昧な表情で、顔面蒼白になったひとりの男を見やったのだった。

◆

「嫌ああああああああっ！」

その日、古柴家では朝からレイカの喉が裂けんばかりの絶叫が響いていた。

「なんでっ！　なんで、あたしがバケモノに嫁がなくちゃいけないのよ！　あたしはもう対象外になるはずでしょ⁉」

レイカが、新たに立ったあやかし一族の王への花御寮として選ばれたのだ。

屋敷中に響き渡る拒絶の声に、使用人たちも何事だと仕事場を離れ、声のする広間を覗きに集まってくる。

そこではレイカが畳に突っ伏してむせび泣き、同じく叔母も膝を折って叔父の足に縋りついていた。

「そうです、あなた！　どうしてうちのレイカなんですか⁉　どうして、あと半月後に行ってくださらなかったんですか⁉」

「俺だとて、娘を差し出したくはないに決まっているだろう！　だが、仕方ないんだよ……っ、神事で決まったものは覆せない。それがこの村の掟なんだ！」

「あの子の母親は掟を破ったんですよ⁉」

叔母は癇癪的な声をあげながら、使用人の中にまぎれるようにして様子を窺っていた菊を指さした。

叔母の瞳は、今にも菊を射殺さんばかりに睨みつける。化粧が混ざった黒い涙を流す血走った目は、人とは思えぬそれこそ悪鬼のような恐ろしさがあり、使用人たちは火の粉が降りかからぬようにと皆、菊から距離をとった。


視線を向けられていた菊も、叔母の凄まじさに息をのみ、身を強張らせる。すると、叔母はドカドカと大股で菊に近づき髪を鷲掴み、引きずるようにして広間に投げ倒した。


「きゃっ！」と菊のか弱い悲鳴があがるも、叔母はかまわずに菊を足蹴にする。

「なんで忌み子は候補にもならなくてよくて、掟を守っている私たちのほうがこんな苦しい思いをしなきゃいけない！　の！　よ！」

「――痛っ！　あ……す、みませ……ッ」

叔母は、着物の裾がはだけるのも気にせず、横たわった菊の細い身体を何度も何度も罵声と一緒に踏みつけた。

そのたびに菊の口からは痛々しい悲鳴があがるも、誰ひとりとして止めようとするものはいなかった。皆、眉をひそめて顔を逸らすばかり。

広間には叔母の感情的な金切り声と、菊のくぐもったうめき声だけが響いていた。

「お前なんか……っ！　母親にすら捨てられて！　誰にも必要とされてないのよ!!　だったらせめて、バケモノへの供物にでもなって役に立ちなさいよっ！」

菊を折檻すれば収まるかと思いきや、叔母の怒りはまるで衰えない。使用人たちは目を覆いたくなる光景から逃げるように、静かに各々の仕事場へと戻っていった。

――い、で……捨て……ない、で……。

菊は視界に映るたくさんの足が、ひとつ、またひとつと去っていくのを、ただぼんやりと眺めているしかできなかった。視界がかすみ始めれば、次第に意識が遠のいていく。

――ひとり……は……嫌……。

救いを求めるように伸ばそうとした手は、菊の意識が途切れると共にパタリと畳に落ち、動かなくなってしまった。

◇

気絶した菊を見てようやくレイカの母親は怒りを収め、はぁはぁと浅い息をつきながら額に浮かぶ汗を拭う。

すると、すっかり静かになった広間で、レイカが「そうだ」とポツリと呟いた。

レイカはすっくと立ち上がると、先ほどまで泣き伏していたのが嘘のような機敏な動きで、広間のふすまを次々と閉めていく。

そうして、外からの目をすべて遮断した中で、彼女は笑う。

「ねえ、お父さんお母さん。あたしをバケモノに嫁がせたら後悔するわよ？」

「ど、どうしたんだ、レイカ。それに後悔とはどういう……」

薄暗い部屋の中、突然様子がおかしくなったレイカに、父親も声を詰まらせる。しかし、レイカはクスクスと笑うばかり。

「後悔したくないでしょ？　だからぁ、あたし……いーこと思いついちゃったんだぁ」

涙で化粧がどろどろに溶けた顔で、瞳を真っ赤にしてニタリと場にそぐわぬ笑みを浮かべる凄絶なレイカに、親であるふたりですら背筋を冷たくしていた。

◆

いつもなら皆が寝静まる丑三つ時(午前二時)。

ただし今夜は、村から裏山の中腹にポツンと佇む鳥居まで、赤い手燭(てしょく)の灯りが列をなしている。

ただでさえ夜だというのに、木々が乱雑に生い茂っているせいで辺りは恐ろしいほどに暗く、まるでそこにあるのが間違いだとばかりに鳥居の朱色は異様に目立っていた。

そんな中、鳥居の前にひとり残された白無垢(しろむく)姿の菊。

村人たちは嫁入りの口上を言い終えると、その場に留まるのを嫌がるようにそそくさと山を下りてしまった。

「どうしてこんなことに……っ」

菊は両手で顔を覆った。

『レイカの代わりに花御寮になってもらう』と、菊は目覚めた座敷牢の中で叔父から聞かされた。

拒む時間さえ与えられず、その日から今日までの一週間、古柴家の座敷牢は本来の役目どおりの使われ方をすることとなった。

牢にはしっかりと鍵がかけられ、菊は昼夜問わずいっさいの外出を禁じられた。入れ替わりがバレないよう使用人にも暇が出され、古柴家はまるで葬式のような暗さに包まれていた。

しかし、古柴家の変化を村人の誰ひとりとして怪しむ者はいなかった。ひとり娘をあやかしの嫁に奪われるのだから、と同情的に見守っていた。

そうして、レイカではなく菊が、絶対に着ることはないだろうと思っていた花嫁衣装に身を包み、生まれて初めて叔母と叔父に手を引かれ、今夜、花御寮として黒王へと嫁入りする。

レイカと背格好が似ていたこともあり、しゃべらずに俯いていれば白無垢の綿帽子のおかげで、村人たちに入れ替わりがバレることはなかった。もしかしたら、バケモノに嫁ぐのを憐れに思って、皆まともに花御寮を見られなかっただけかもしれないが。

一方、レイカは嫁入りのほとぼりが冷めるまで菊と同じように座敷牢で生活し、その後に村を密かに出るのだと聞かされた。

そして、恋人である一平と村の外で結婚するつもりだと。

菊が座敷牢から出ていくとき、入れ替わるようにして残ったレイカに『感謝しなさいよ』と嘲笑と共に言われた。

どうやら『そんな綺麗な花嫁衣装に身を包んで嫁げることを感謝しろ』という意味らしいが、嫁ぐ相手は常日頃彼女が『バケモノ』と謗っている者だと考えれば、皮肉だったのだろう。

「黒王様の花御寮になれば、ひとりぼっちではなくなる……のよね」

しかし――。

「やっぱり、食べられるのかしら」

黒王がどのような者なのかは、まったく分からない。

『いい？　死にたくなかったら、絶対に身代わりってバレる真似はしないように。さもないと、烏たちのくちばしがお前の全身を啄むわよ』

それは鳥居の前に菊を残していくとき、叔母が菊の耳元で凄んだ言葉だった。

「怖い……っ」

身を守るように、菊は皺ひとつない白無垢のあわせをギュッと握り込んだ。

――それにもし、身代わりだってバレなかったとしても、この身体を見られたら……。

不興を買って惨たらしく殺されるかもしれない。

恐怖にぶるりと震えた身体を、菊は無意識に抱きしめていた。

背後を見やれば、ぼろぼろの石段がぽっかりと黒い口を開けた山へとのみ込まれていく。その先にチラチラと見える点のような赤い光は、村人たちの手燭だろう。

もう、どんなに声をあげても誰も気づかない。

古柴家から菊の存在が消えても、きっと誰も気にしない。

眼下に見える小さくなった村の家々。彼らには今日も変わらぬ朝がやってくる。

自分は朝を迎えられるか分からないのに。

「……っ」

――なんのために私は生まれてきたの……っ。

この生を喜んでくれた者がひとりでもいただろうか。

「仕方ない……私は忌み子だもの……」

もしかすると、レイカの代わりに生け贄として食べられるためだけに生まれてきたのかもしれない。であれば、生まれて初めて誰かの役に立ったと、必要とされたと言えるのではないか。

しかし、無理やり前向きに思い込もうとするも、やはり怖いものは怖い。

「このまま、この山を下りたら……」

逃げられるかも、と甘い誘惑が菊の足を進ませようとしたときだった。

チリン――と、鈴のような細く甲高い場違いな音が鳴り響いたのは。

ハッとして振り返った菊が鳥居の向こうに広がる暗闇へと目を向ければ、宙空からぬるりと人の手だけが現れた。

「ひっ!?」

あまりの現実離れした光景に、菊の喉は引きつり勝手に足が退がる。

しかし、現れた手は逃がさないとばかりに菊の手首を掴み、強引に鳥居の内側へと引き込んだのだ。

「きゃあっ！」

次の瞬間、菊は正面からなにかにぶつかった。

しかし、ぶつかったそれは硬くも痛くもなく、むしろ菊の身体を支えるような優しく温かいもの。

「お前が俺の花御寮か」

それに反し、頭上から聞こえた男の低い声は、春先の夜風と同じくヒヤリとしていた。

菊が顔を上げると同時に、綿帽子がふわりと脱がされる。その触れ方は驚くほど丁寧で、髪の毛一本たりとも引っかけぬようにとの気遣いすら感じられた。

「……ぁ」

ふたりの視線が絡み合い、菊は息をのんだ。

男は先ほど『〝俺の〟花御寮』と言った。

ということは、彼こそが菊が嫁ぐ黒王だった。

——こ、この方が……黒王様……っ。

菊の真っ白な花嫁衣装とは正反対の、漆黒の羽織袴を纏ったうら若き青年。

菊より頭ふたつ分背が高い黒ずくめの青年は、そこに立っているだけで他者を圧倒するような空気を漂わせていた。

彼はどうしてか、切れ長の凛々しい目を大きく見開いている。

――もしかして、身代わりがバレたんじゃ……!?

偽物と気づかれたのかもしれない。

そう思った瞬間、身体は震え、手を置いていた青年の羽織を衝動的にぎゅうと握ってしまう。

しかし、男は一度瞬きをした後には元の涼やかな目に戻っていた。

月明かりの陰が落ちた暗い顔で、菊を見下ろしている。

「俺が、お前の夫となる鴉一族の長である黒王だ」

綿帽子を脱がすときはあれだけ優しい触れ方だったのに、今向けられる瞳は、冬の池に張った氷のように冷たく、奥が見えないくらいに昏かった。

「俺の妻となるか、〝レイカ〟」

自分ではない名前を自分に向けて呼ばれる。

それがこれほどに虚しいものだと初めて知った。

しかし、これが自分の運命。

「……っはい」

受け入れるしかないのだ。

男は弱々しく返事をした菊の顎に手をかけると、クッと上向かせ、触れるだけの口づけを落とした。

彼は自分の夫となる黒王。

同時に、自分が偽り続けなければならない相手でもある。

触れられた手も唇も温かいというのに、菊の心は凍えそうだった。

――私は忌み子で、ひとりぼっちで、偽物で……嘘をついている。

第二章　常世のあやかし

1

『おぞましいバケモノ』とは誰が言ったのだったか。

夫となった黒王は、そんな言葉とは無縁の美しさをもっていた。

月明かりにしっとりと輝くひとつに結われた黒髪は、風になびく瑞兆の尾のような優雅さがあり、精悍な目つきからは、女である自分よりも濃い色気が漂っていた。

こうして今思い出してみても、とても鳥のあやかしだとは信じられない。

年の頃は二十をいくつか過ぎたくらいか。

村で目にする同年の男よりも纏う空気に品があり、今まで見てきたどのような人間よりも彼こそが一番美しい人間だと、菊は感じたものだ。

深夜にひっそりと行われた、黒王と菊のふたりだけの嫁入り。

誓約の口づけだけが交わされ、その後はもう遅いからと屋敷へと連れられた。どうやら現世と繋がっている鳥居は屋敷の裏手にあったようですぐに到着し、案内された部屋で休むようにと言われた。畳敷きの部屋には既に布団が敷かれており、そこが寝所だということがうかがえた。

このまま彼と初夜を過ごさなければならないのかと焦ったが、しかし黒王は「ではな」とだけ言って、すぐに踵を返して部屋を出ていってしまったのだ。

あまりのあっけなさに、菊は拍子抜けすると同時に安堵した。

長らくの緊張から気が緩んだこともあり、菊は横になった瞬間、そのまま夢の世界へと旅立ったのだった。

そして、今朝。

女性の柔らかな声に起こされ、布団から出てきてからは驚くことばかりである。

まず、菊にはひとりの侍女と、いくらかの女官がつけられた。

今まで使用人としてこき使われることはあっても、誰かに世話を焼かれるなどなかった菊にとって、この状況は喜びよりも驚きや戸惑いのほうが大きかった。

食事のときも座っているだけでよく、最初は目の前に用意された食膳を見て首をかしげたものだ。

誰かの配膳を手伝えということなのだろうと思い、「どちらへ運べばよろしいでしょうか」と女官に尋ねれば、慌てて「花御寮様のです」と言われ驚いた。

もしかしたら寝ているうちに自分は食べられて、既に天国に来てしまったのではないかと、菊は本気で錯覚した。

天国とは自分でも図々しいとは思うが、そうとしか思えないような扱いなのだ。

『人を食べたいがために、花御寮を欲しがっているに違いない』と村では言われていたのに、食べられるどころか、菊に出された食事は古柴家の者たちが食すものよりはるかに豪勢なものばかり。

丸々と太ったヤマメの塩焼き、蕗の煮付け、豆腐の山椒和え、菜の花の煮浸し、蕪の味噌焼き、金柑の甘露煮。どれもが生まれて初めて口にする味で、「おいしい」以外、気の利いた言葉も言えなかった。

立ち上がれば『どちらへ行きましょうか』と尋ねられ、座れば『本でもお持ちしましょうか。それとも、貝合でもなさいますか』と、とにもかくにも菊を下にも置かぬ扱いなのだ。

さすがに着替えを手伝われそうになったときは、恥ずかしいからとひとりで着替えさせてもらったが。

そして、驚きは身の回りのことだけに尽きない。

黒王の屋敷はいくつもの棟が渡殿で繋がっており、迂闊に歩き回れば迷子になってしまいそうなほどに広い。界背村の村長の屋敷など比べものにならないくらいである。

そこで菊には、黒王の住まう母屋に繋がった東棟が与えられている。

東棟の中もたくさんの部屋が連なっており、移動もちょっとした散歩気分だった。

つるりと輝く板張りの廊下に、ひとりでは多すぎる部屋の数々。中でも、一番奥にもうけられた庭に突き出た板張りの広間は、ひと目で菊の心を奪った。

広間は欄干囲いの広縁のような形だった。入り口の対面は壁ではなく蔀戸になっており、開け放たれれば庭の景色が一枚画のように目に飛び込んでくる。

広々とした広間には几帳がいくつも立ててあり、薄紅色の美しい織り地の几帳は風が吹き込めば軽やかにひるがえり、目にもあやな光景を作り出す。菊が座る場所には五色の縁が鮮やかな茵が敷かれ、厨子や文机、唐櫃の黒漆がキラキラと輝いている。

まるで、古の絵巻物語の世界のようだ。

「花御寮様、どうされましたか？　先ほどからずっと外を眺めておいでですが」

「あっ、わ、若葉さん……いえ、その……」

屋敷の説明をひととおり聞き終え、庇でぼうっとしていたら、侍女の若葉が隣にやってくる。前髪の一部が緑色になった特徴的な侍女だ。

彼女もこの郷に住んでいるということは、鳥のあやかしなのだろうが、頭の先から爪の先までどこをどう見ても同じ人間にしか見えない。

「夢のような場所だなって……」

菊はまじまじと、己の手首に絡む柔らかな袖を眺めた。

桃花色の生地に、純白の糸で小花が刺繍してある着物は美しいのひと言に尽きる。

上から紗の白羽織を纏えば、その色合いはまるで目の前に見える桜から作られたようだ。

霞のようにあちらこちらで芽吹き始めた桜に目を向けると、若葉も「ああ」と一緒に目を向ける。

「三分咲きというところでしょうか。最近は我が郷も暖かくなって参りましたから、五分までくればあっという間に満開ですよ」

楽しみですね、と微笑まれ、菊は「そうですね」と曖昧な笑いしか返せなかった。

これも、菊が目を覚まして驚いたことのひとつである。

若葉や女官が見せる柔らかな笑みや気遣いは、菊が生まれて初めて受けるもので、正直どのような反応を返していいのか分からないのだ。

——それに……彼女たちの優しさは、本来私に向けられたものじゃないもの。

「どうされました、花御寮様？」

すっかり黙り俯いてしまった菊を、若葉が眉を下げて心配そうに覗き込んできた。後頭部の高い位置で結われた彼女の髪が、肩口でゆらゆらと揺れている。

——この心配も、〝私〟じゃなくて〝本物の花御寮〟へのもの……。

彼女たちの優しさを嬉しく思う反面、心のどこかで『自分は偽物なのだから』と引っかかって素直に喜べない自分がいた。

「私なんかにこんなによくしてもらって、その……申し訳なくて」

「そのようなことを仰らないでください。花御寮様は黒王様の妻となられる方で、わたくし共にとっても大切なお方なのですから。これが当たり前で、花御寮様がそのように遠慮なさる必要はないのですよ」

膝に置いていた手を、若葉にギュッと握られた。

しっかりと五本の指があり健康的な色をしている若葉の手は、菊の手と同じ形をしている。違いといえば、彼女の手のほうがひと回り大きいことと、自分の手がささくれやあかぎれで醜いこと。

恥ずかしさでカッと顔が熱くなり、菊は逃げるように手を引っ込めてしまった。

「花御寮……様？」

突然の菊の行動に若葉は目を丸くし、握るものを失った手は戸惑いがちに彼女の元へと戻っていく。

その様子に菊はハッとして、自分がなにをしてしまったのか気づき顔を青くした。

「あっ、す、すみません！」

自分はなんと失礼なことをしただろうか。彼女の優しさを無下にしてしまうとは。

菊は引っ込めていた両手を胸の前で固く握りしめ、情けなさに顔を俯けた。

――きっと、あきれられているに違いないわ。もう二度と、優しくは接してもらえないかも。

やはり、自分はどこでもひとりぼっちになる運命らしい。

「いえ、こちらこそ不躾でした。申し訳ありません花御寮様。ですから、どうぞそんなにお気になさらないでください」

しかし、若葉はふふっと軽やかな笑声を漏らすと、菊の顔を覗き込んで「ね」と笑いかけてくれたのだ。

あまりに予想外な若葉の反応に、目の前がチカチカした。

「あ、あの、驚いてしまっただけで、その、決して嫌とかそんなことじゃ……」

おずおずと菊が若葉に手を伸ばせば、彼女はそっと指先を握ってくれる。

「それは安心しました」

ぐっと喉が詰まった。

――不思議。人間の手よりもあやかしの手のほうが温かいだなんて。

村では、菊を無理やりに引っ張る手や頬を叩く手はどれも冷たかった。

そういえば、黒王の目は冷たかったが触れられた手は温かかったな、などとそのときの心地よさを思い出して、菊は慌てて頭を横に振った。

――だ、だめ！　あれは私が受けるべき温かさではないんだから。

そこで菊は、昨夜彼に言われた言葉を思い出し、若葉に尋ねる。

「あの、黒王様との婚儀はいつになるのでしょうか。昨夜のは婚儀ではないと黒王様に言われたのですが」

てっきり、昨夜の口づけが婚儀での誓いの口づけだと思ったのだが。

「昨夜のは〝妻問い(つまどい)の儀〟でしたからね」

「妻問いの儀、ですか？」

「わたくしたち鴉一族に伝わる婚儀までの儀式のひとつですよ。深夜、夫となる男がひとりで妻になる女のもとを訪ねるのです。そこで男は女に妻になってくれるかを問い、女は諾否を返すというものです。ここで女の承諾が得られて初めて、婚儀が行えるようになるのですよ。黒王様より儀式のことは聞かれませんでしたか？」

「いえ、なにも……」

それどころか、あの『俺の妻となるか』という言葉が、儀式の問いだとも思わなかった。当然、『いいえ』などという選択肢はないのだから、素直に『はい』と頷いたが。

黒王はひと言もそのようなことは教えてくれなかった。

口づけの後、彼は『正式な婚儀は改めてする。ついてこい』と言ったきり、この東棟に入るまでずっと無言だったのだから。

おかげで気まずくて、俯いた視界にあった彼の白い足袋と黒袴が揺れている姿しか覚えていない。

　すると、若葉が耳元に顔を寄せてきて囁いた。

「婚儀の日と言えば初夜ですね、むふふ」

「――っ初夜ですか⁉」

　当然、結婚すればそのようなこともあると知ってはいたが、それよりも入れ替わりの事実がバレないかばかり気になって、すっかり忘れていた。

「あら、もしかしてそれも黒王様はお話しになってないと……。まったく黒王様ったら、相変わらずの面倒くさがりやなんですから」

「ほう、誰が面倒くさがりだと？」

　若葉が頬を膨らませて「もうっ」と言った瞬間、背後から厚みのある逞しい声が聞こえた。

　それは当然、女官の声などではなく……。

「こ、黒王様！」と、菊は慌てて床に額をつける。

「そんなに畏まる必要はない。顔を上げよ」

　菊は恐る恐るといった調子で上体は起こせたのだが、顔までは上げられなかった。

　昨夜向けられた冷たい視線がまた頭上から向けられていると思うと、彼の顔を見るのが怖かった。

菊の視界には黒王の黒い袴の裾と白足袋だけが映っているのだが、次の瞬間、ぬっと目の前に黒王の顔が現れた。

「ひゃっ⁉」

驚きの声と一緒に菊の顔も跳ね上がる。

どうやら彼は、膝を折ってまで自分の顔を覗き込んできたようだ。目の前で胡坐をかき、黒王という名にふさわしい黒い瞳でじっとこちらを見てくる。

——な、なにか失礼なことでもしたかしら。

視線に戸惑いを覚えていると、突然黒王の手が伸びてきた。

彼の大きな手に、過去の忌まわしい記憶が蘇る。

「——っ！」

次の瞬間、菊は首をすくめて身を強張らせた。

しかし記憶とは違い、菊を襲ったのは髪を撫でるような柔らかな感覚だけ。

「散り花がついていただけだ」

「あっ……も、申し訳ございません」

額を打ちつけそうな勢いで頭を下げる菊に、頭上からハッと鼻で笑う声が降ってくる。

「レイカ」

呼ばれた名前にツキリと胸が痛みつつも顔を上げる。それでもやはり視線は上げられない。

「俺が怖いか？」

「そのようなことは……」

ある、とはさすがに言えない。

中途半端に切ってしまった言葉が、気まずくふたりの間を漂っていた。

「あ、あの、黒王様。婚儀の日取りはいつになりますでしょうか？」

言った後で菊は『あ』と後悔した。

気まずさに耐えられず、話題を逸らすために咄嗟に出てきたのが、まるで菊が黒王との婚儀を望むような言葉だったからだ。

「ほう？」

案の定、黒王はニヤリと目を細め、興味が滲んだ声を出す。

「今、婚儀にふさわしい日を選ばせている。決まったら伝えるからもうしばらく待て。それとも――」

「きゃっ⁉」

突然、黒王に腕を引っ張られ、菊は彼の胸に飛び込んでしまった。そして、覆い被さるようにして耳元で囁かれる。

「そんなに早く俺と閨事をしたいのか？」

「ね、やご……と？」

言葉を雛鳥のように片言で復唱した菊だったが、次の瞬間、ぼっと顔が赤くなる。

「ね、閨――!?　っと、とんでもありません！　いえ、あの……っその……!?」

色気のある声で囁かれ、余計にそういうことを意識してしまった。

「黒王様、あまり花御寮様をからかわれないでください。それに、急に腕を引くのはおやめなさいませ。人間の身体はわたくし共あやかしと違って繊細なのですから」

「レイカが早く婚儀を挙げたそうだったから聞いたまでだ」

「はいはい、左様でございますか」と嘆息した若葉が、菊を黒王の手から救出する。

「花御寮様、痛いところなどはございませんか」

からかわれただけだと知り、菊はホッと安堵の息を吐いて「大丈夫です」と答えた。

それに痛いどころか、黒王が触れた腕は引っ張られてもちっとも痛みなどなかった。

――昨夜も思ったけど、どうして黒王様の言葉や視線はちぐはぐなのかしら。

向けられる視線や言葉には冷たいものが含まれるが、反対に自分に触れるときは驚くほど優しい。その違いはどこから来ているのだろうか。

しかし、菊には黒王のことなどなにも分からない。

おかげで少しの推察もできず、微かな疑問は瞬く間に思考の中にかき消えた。

「まあ、いい。たとえレイカが嫌がろうと、子は残してもらわねばならないからな。そのための花御寮だ。責任は果たしてもらうぞ」

腰を上げた黒王は、また温度のない昏い瞳で菊を見下ろしていた。

ゾクッと、背中に冷たいものが落ちる。

「子供……」

菊は自分の腹に触れ、しかしすぐに腫れ物にでも触れたように拳を握った。

「ではな、俺の花御寮殿」と言って遠ざかっていく黒王の足音を聞きながら、菊は自分に残された時間について考えざるを得なかった。

——初夜でこの身体を見られてしまえば、すべてが明らかになってしまうわ。

偽物とバレるまで——つまり自分の命は、長くても初夜までということか。

菊は、満開の桜は見られるだろうか、と欄干の向こうを眺めていた。

◇

鳥居の向こうから現れたのは、白無垢を纏った小柄な少女だった。

子供かと思ったが、奏上で述べられた年齢を思い出し、二十三の自分より五つも下なら当然かと納得した。

綿帽子の下から覗く、烏と同じ真っ黒な前髪。前髪以外は白に包まれ、月明かりの中で輝くように際立っていたのが印象的だった。

最初に出てきたのは『これが俺の花御寮か』という、身も蓋もない感想だった。

どうせ人間にはバケモノだなんだと思われているのだし、最初から花御寮にはなにも期待していなかった。子供さえ産んでくれれば、あとは勝手にしてもらっていい。

しかし、綿帽子を脱がせ、見上げてきた彼女を目の当たりにして驚いた。

『もしかして』という喜びが湧きそうになったが、自分を見つめる彼女の目は怯え、胸元を握る小さな手が震えていれば、そのような甘い考えはたちまち消えたのだった。

黒王は、東棟から戻ってきた私室でひとり自分の手を眺め、ため息をついた。

「なんてため息をついてるんです。新婚がついていいものじゃないですよ」

中性的な軽やかな声が聞こえたと思ったら、衝立の向こうからひょこっと顔を覗かせ、近侍の灰墨がやってくる。

灰がかった色の髪は彼が歩くたびにふわふわと揺れ、見るからに柔らかそうだ。

灰墨は黒王と対面してちょこんと正座した。

「灰墨、部屋に入ってくるときはまず声がけをとあれほど……」

「堅いこと言わないでくださいよ。僕と黒王様の仲じゃないですか」

「まったく、お前は」

灰墨は、近侍であると同時に、幼い頃から共に育ってきた四つ下の乳兄弟である。

おかげで近侍だというのに、昔からの関係で他の者よりも言葉や態度に遠慮がない。

しかし、今まで誰も矯正してこなかったのは、黒王自身がそれでよしとしてきたからだ。

大人になり肩書きがつくほど責任は重くなるのに、周囲との距離は開いていくばかり。そんな中、灰墨の態度は黒王にとって昔のままでいられる貴重なものだった。

「それで、黒王様。先ほどの憂鬱そうなため息はなんなんですか。つい先ほどまで花御寮様を訪ねられていたはずでしょう？　新婚初日とは思えないですね」

「まだ婚儀は挙げてない」

「はいはい」と灰墨に適当にいなされ、黒王は今度はわざとらしく不満を訴えるため息をつく。

しかし、灰墨は気づいているのかいないのか、どこ吹く風とケラケラと笑っている。

「あー、やっぱり花御寮様のことがお嫌いなんですね？　であれば、さっさと村に返しちゃいましょう！　それがいいです！　こんな古くさい習わしなんか終わりにしましょうよ！」

「そんな簡単にできるものでもないし、そういう意味のため息でもない」

「でも、黒王様は人間がお嫌いでしょう？　僕も嫌いですよ」

黒王は灰墨の問いに答えを窮した。

結局、黒王は否定も肯定もせず、話を続けることを選んだ。

「灰墨、お前が以前からこの習わしについて納得していないのは知っているが、俺の一存でなくせるものでもない。なくしたければ、お前が各里の里長たちを集めて説得して回るんだな」

「えーっ!?　あんな頭が石仏と変わらない方たちを説得だなんて、絶対無理じゃないですか！」

「そういうことだ。諦めろ」

納得できないのか、灰墨は「えー」と不平の声をあげながら畳の上にぐでんと上体を倒していた。いつまでたっても、甘えたな弟気質は治らないようだ。

「お前、もう十九だろう。もっとしっかりしろよ」

「いいんですぅ、他ではしっかりしてるんで。これは黒王様の前でだけです」

「そんなこと言うのはお前くらいだよ。普通は逆だ」

思わず黒王もふっと小さく笑みを漏らしてしまう。

「それと、灰墨。花御寮についてだが、お前から聞かされた話といささか違う気がするんだが」

妻問いの儀の前に、村からは花御寮の名前と、妻問いの儀の日取りが書かれた紙が村の神社に奉納される。

あの神社は、鴉の郷から現世に行くための通路となっている。

常世側からしか繋ぐことはできず人間にはただの神社でしかないのだが、まあ、あやかしの世と繋がっていると知っていて近寄る人間はいない。

灰墨が取りに行った紙には、花御寮の名前として【古柴レイカ】と記されていた。

別に誰が来ようと同じと思っていたし、名前を聞いても少しも興味は湧かなかったのだが、灰墨が『どんな女か見てやりますよ！』と勇んで出ていったのは記憶に新しい。

そうして持って帰ってきた古柴レイカについての報告というのが――。

『村の顔役の娘ということもあり、傲慢で高飛車であり、村娘たちの中心的存在』

というものだった。

「僕は花御寮様と会ってないのでなんとも言えませんが、昨日の今日ですし、まだ猫被ってるだけかと思いますよ」

「いや」と黒王はすぐに否定する。

「彼女はそんな器用なことができる人間ではないと思う」

これには灰墨がきょとんとした顔で首をかしげた。

「まるでよく知っているような口ぶりですね」

「あ、いや……今日接した感じからそう思っただけだ。露骨に俺を怖がっていたしな」

「ふぅん」と灰墨はさほど追及せず流し、黒王は胸を撫で下ろした。

黒王は、彼女を知っていた。ただし〝花御寮〟という認識ではなく、名前も知らないただの界背村の村娘としてだが。

しかし知っていたからこそ、この現実に落胆を覚える羽目にもなっていた。

「灰墨。人間は現世の烏にどんな感情を抱いている」

「ええー、またそれ言わせます？　あまり気分のいいものじゃないですけど……不吉の象徴だの、死神だのと随分な言われようですよ。本当、勘違いもいい加減にしてほしいですよね！　こちとら太古の昔から、神使として神の眷属に連ねられているってのに！」

「そうだ、烏は嫌われ者だ」

黒王は自嘲し、ぼそりと呟く。

「……その嫌われ者の烏よりも、俺たちのほうが嫌いということか」

「ん？　今、なにか仰いました？」

「いや、独り言だ」

灰墨がツラツラと鴉一族の所以をひとり熱弁しているのをよそに、黒王は開け放たれた障子から景色を眺めた。

桜の木の枝には、ポツリポツリと薄紅色の花が咲いている。

別に彼女の性格まですべて知っていたわけではない。ただ、他の人間よりも少しは優しいのかもしれないと思っただけだ。

しかし、やはり常世の者に向ける感情は違うのだろう。

ちょうどいい。性格が悪い娘をと望んでいたのは自分ではないか。

この夫婦関係はただの習わしでしかない。義務的に役割だけをこなせばいい。

胸に覚えた感情など、さっさと忘れてしまえ。

2

花御寮として嫁入って四日が経った。

菊は杉の香りが漂う湯殿で、ひとり風呂に浸かっていた。

初日、女官たちが湯浴みの手伝いをすると一緒に湯殿の中までついてこようとしたのだが、それは菊が必死に止めた。しばらく女官たちはそれも仕事だからと譲らなかったものの、三日も言い続ければ折れてくれた。

単純に恥ずかしいし、なによりこの身体は誰にも見られてはならない。

「やっぱり、私なんかが花御寮になるべきじゃなかったのよ」

元より、自分には花御寮になる資格などなかったのだから。

若葉をはじめ女官たちは、菊にとてもよくしてくれる。

髪をくしで梳くときも『とても豊かで美しい髪ですわ』と何度も綺麗だと褒めてくれるし、顔を見ては『まあ、今日も愛らしい』と猫可愛がりする。

これまでの人生で、髪を褒められたことも顔を褒められたこともなかった。

むしろ家ではいつもレイカと比べられ、汚いだの不細工だのとけなされてきたのだから。自分でも、こんなにクセのある広がってまとまらない髪など、どこが美しいのか分からない。

しかし、彼女たちはそのクセさえも素敵だと言ってくれる。おかげで村にいたときはいつも結んでいたのだが、もったいないと残念がられ下ろしてばかりいる。

今では、嫌いだったはずの自分の髪を鏡で見ては彼女たちの言葉を思い出し、嬉しくなってしまう。

だからこそ、そんな彼女らを騙していると思うと、いつも心が痛くなるのだ。

「それに……」

菊はちゃぷっ、とお湯から出した自分の手を眺めた。

彼の大きく骨張った手とはまったく違う。

若葉たちの手は大丈夫なのに、あのような男の手を近づけられると、どうしても反射的に身構えてしまう。

やはり自らの身に刻まれた恐ろしい記憶が蘇るからだろうか。

「傷つけた……のかしら、やっぱり」

彼の表情を確認はできなかったが、頭上から降ってきた鼻で笑う声には微かに哀感がこもっているようにも聞こえた。

あれからも黒王は毎日訪ねてくるのだが、彼は一度も菊に触れようとしなかった。

おかげで、余計に悪いことをしてしまったという罪悪感が、菊の中でモヤモヤとわだかまったままなのだ。

菊は湯気立つ温かなお湯の中に口元までを沈め、ぶくぶくと子供のように泡立てる。

こんなこと、古柴家ではしたこともなかった。いつも最後に入るお湯は冷めきっており、浸かると風邪をひくから拭うだけで、こんなにいっぱいの温かいお湯に浸かれたことなどあっただろうか。

花御寮として迎えられ、菊はいくつもの〝生まれて初めて〟を経験していた。

当然、当初に抱いていた『食べられるかも』という恐怖は今はもうない。

しかし、どのように黒王に接したらいいかという迷いはまだある。結局、この生活も周囲との関係も、いつか終わるものなのだから。

「偽物なのに、こんなによくしてもらって申し訳ないわ。せめて花御寮でいる間は、なにか役に立てるようなことを探さなくちゃ」

たとえ初夜までの命だとしても、少しでも罪悪感は減らしたかった。

「……こんな汚い女……誰も欲しがらないもの」

温かなお湯の中で、菊は凍えたように身体を抱きしめた。

◆

ここ数日の春の陽光に空気も暖まり、日中、菊が過ごす場所は開放感あふれる広間ばかりになっていた。

桜は今ちょうど五分咲きといったところで、日々の移ろいが景色として目に見えるのは実に感動的である。

「え、花御寮様のできることですか？」

若葉が大きな目をパチパチと瞬かせた。

「ええ、皆さんにこんなによくしてもらってばかりじゃ申し訳なくて。なにかお役に立てたらと思いまして。家事は得意なんですが……」

昨夜、自分のできることをいろいろと考えたのだが、これまでの人生経験が乏しすぎてよいものが浮かばなかった。なので、本人たちに聞くのはどうかと思いながらも、こうして若葉になにか自分にできることはないかと尋ねてみたのだが。

「ふっ……あははは！　花御寮様ったらとてもお優しい方ですね」

笑われてしまった。

よほどおかしいのか、若葉は身体を揺らしながら笑っては、目尻に涙を浮かべている。

若葉は、ハキハキとした気持ちのいい女性だった。

洗練された凛とした空気を纏い、恐らく彼女に憧れる者は多いのではと予想できる。しかし偉ぶったところは少しもなく、菊の意思を汲んで半歩ほど先回りして絶妙な手助けをしてくれるなど、とても頼りになる。

「わ、若葉さん。私、本気で悩んでるんですから！」

「そのようなこと、花御寮様は考えられなくてよろしいのですよ。わたくしたちにとっては、花御寮様が来てくださっただけで嬉しいのですから。でもそうですね……」

若葉は手にしていた本を閉じると、文机の上に置かれていた菊の右手を両手で包んだ。

「できることなら、どうか黒王様を怖がらないでください」

ぐっ、と菊の首がわずかにのけぞる。

「怖がっては……」

穏やかな苦笑顔で見つめられ、菊は取り繕うのを早々に諦めた。

カクン、と菊の顔が俯く。

「すみません。少し……怖いです」

正直に言った後で、彼女たちの長であり、仮にも自分の夫でもある黒王を怖いなどとは、失礼だったかもしれないと後悔した。

しかし伝わってきたのは、若葉がふっと微笑んだ気配。

「怒らないんですか？　怖いって言ったこと」

恐る恐る視線を上げて若葉の様子を窺えば、彼女はじっと菊を見つめていた。彼女の黒い瞳には怒りなど微塵も見えず、ただただ柔らかく笑(え)まれている。

「わたくしたちは、あやかしと呼ばれ常世に棲まう者。現世の者が恐怖を抱くのも無理はありませんから。確かにあやかしの中には人間を害する者たちもおります。しかし、わたくしたち鴉は、人間の血を半分受け継ぐ黒王様を長と仰ぐ者たちです。誰ひとりとして花御寮様に怖い思いをさせたい者はおりません」

「黒王様も……ですか？」

「もちろんです」

嫁入りしてから毎日、黒王は菊に会いにやってくる。

朝一番のときもあれば、昼時や夕暮れ時など時間はまちまちだが、しかしいつも菊の顔を見るだけで、これといった会話もなしに帰っていくのだ。

あっても最小限の様子伺いの言葉のみ。彼の淡泊な態度は、若葉たちが親身な分余計に距離が感じられ、寂しさを覚えてしまう。

――それに私に会いにっていうより、義務だから渋々来てるみたいなのよね。

おかげで彼がなにを考えているのか、なにを自分に対して思っているのか分からず、それが恐れとなっているのも否めなかった。

「今は態度が冷たく感じられるかも知れませんが、黒王様は本当はとても温かなお方なのです。花御寮様への態度が少々ぎこちないのは、昔とてもおつらい思いをされ、未だにその傷を引きずってらっしゃるからで……」

「傷？」

若葉は困ったように苦笑しただけで、その部分については話そうとはしなかった。

――そうよね。他人の過去は勝手に話すものではないもの。

しかも〝昔〟を思い出したのか、若葉は眉根をひそめ、苦痛を噛みしめるかのように口角を下げている。とても気軽に聞いてよいものではないと察せられ、菊は深追いせず口を閉ざした。

「花御寮様、黒王様をまっすぐ見てあげてください。わたくしたちと接するように、なにをしたいか、なにが好きか、なにを思っているか、ひとつずつ言葉を交わされてください」

願いを込めるように、包む若葉の手の力が増した。

「それは、花御寮様にしかできないことですから」

「私にしかできないこと……？」

不要と言われ続けた、忌み子である自分にしかできないこと。そんなものがあるとは。

胸の内側に、ほのかなあかりが灯ったようだった。

「私にもできることがあるのでしたら、頑張りたいです」

意を決した顔で、菊が左手を若葉の手に重ねたときだった。

「いつの間にそれほど仲良くなったんだ」

声に驚き部屋の入り口に顔を向けると、そこには扉に肩をもたせかけて立つ黒王の姿があった。

今日は珍しく黒羽織と袴の姿ではなく、紺鼠色の着流しと黒い帯という格好である。

すっきりとした出で立ちなのに華やかに見えるのは、きっと彼の高い腰位置と、無駄のない身体の輪郭のせいかもしれない。

彼の姿を目にしてぼうっと見惚れていれば、ギッとすぐそこで床板の軋む音がした。意識を現実へと引き戻すと彼の黒い双眸がこちらを見ており、菊は反射的に視線を下げてしまう。

すると、握られたままだった手を、まるで合図のようにギュッと一度強く握られた。

「あ……」

若葉と目が合えば、片目を閉じて目配せされる。

「ではでは、わたくしは仕事がありますので失礼させていただきます。どうぞおふたり水入らずでお過ごしくださいませ」

「ああ、若葉。そういえばさっき灰墨が探していたぞ」

「灰墨が？　かしこまりました。それではついでに訪ねてみましょう」

「え!?　あ、わ、若葉さん!?」

「ほほほー！　花御寮様、失礼いたしまーす」

菊の戸惑いの声を笑顔で受け流し、若葉は軽快な足取りで部屋から出ていってしまった。

——そ、そんなぁ、まだ心の準備が……。

確かについ先ほど頑張ると言ったばかりなのだが、それにしてもこれはあまりに急すぎるのでは。

——せめて明日なら……。もう一日くらい考える時間が欲しかったのに。

まだなにを話せばいいか話題すら見つかっていないこの状況で、ふたりきりで取り残されるのは少々不安というもの。

しかも黒王は立ったままで、いかにもすぐに帰るといった様子。

「変わりないか」

「は、はい」

「そうか」

相変わらず淡泊な、会話とも呼べないやり取り。ここからどうやって若葉たちと話すときのような雰囲気に持っていけばいいのか分からない。

「ではな」と黒王が立ち去る気配がして、菊は慌てて黒王を引き留めた。

「お待ちください！　あ、あの、少しでいいので一緒にお話ししませんか」

焦って思いのほか大声になってしまい、菊はパッと自分の口を手で押さえる。

「お話し？　……俺とか？」

菊は口元を隠したまま、コクコクと懸命に頷く。

目を丸くして、振り返った体勢で固まっている黒王。

やはり唐突すぎただろうか。

彼はしばし逡巡（しゅんじゅん）すると、ゆっくりと菊の元へと戻ってきて隣に腰を下ろした。

——これは、いいってことかしら。

しかし、こうして改めて会話しようとなると、いったいなにを話せばいいのか。

——これじゃあ、ただ呼び止めただけだわ。もし黒王様にお仕事とかあったのなら、むしろ迷惑だったんじゃ……!?

今度は菊が固まってしまった。

——え、ええと、いつも若葉さんたちとはなにを話してたかしら。

ああでもないこうでもないと、頭の中がぐるぐるぐるぐると煮詰まっていく。

「読書か」

「え」

もうすぐで菊の頭から湯気が出そうになったとき、黒王が床に置いてあった本を手に取った。それは先ほど若葉が持っていた和綴（わと）じの本。

「なんの本だ……って、『にじいろまがたま』？　子供が読むような童話じゃないか。

大人のレイカが読むには物足りないと思うが」

黒王は本の題名を読み上げて、片眉を訝しげに下げている。

「いえ、これはその、読んでいたわけではなく……」

「読まないのであればなぜここに？」

彼は首をかしげ、顔はますます怪訝の色が濃くなる。それと一緒に、菊の顔はどんどんと俯いていった。胸の前で重ねられた手は、心許なさを隠すようにギュッと握られている。

菊の震える唇が開き、か細い声が漏れ出た。

「……私、文字が読めないんです」

顔が熱かった。

「書けもしないです」

界背村では菊と同じように文字を書けない女性もいた。特に使用人などがそうだ。だが、皆文字を読むことはできたのだ。読みも書きもできないというのは、村でも菊ひとりだけだった。

こんな無知な娘が花御寮とは、やはり恥ずかしいものだろう。

「申し訳ありません、こんな不出来な者で」

あやかしの世界の風習や規則などは分からない。だが、先ほど黒王は『子供が読むような』と言った。それは、子供でも菊のような者はいないということだった。

いっときの偽物とはいえ、一族の長の妻として、自分はやはり不釣り合いではないのか。

「でも、花御寮もいろいろと婚儀の席で読むものがあると聞いて、若葉さんに文字の読み書きを教えてもらえるようお願いしたんです。付け焼き刃かもしれませんが……」

若葉は快く引き受けてくれたが、もしかして恥ずかしいと思われたのではないか。

想像して、どんどんと気持ちが塞がっていく。

やはり、ここでも自分だけひとりぼっち（異質）だ。

花御寮だから受け入れてもらっているだけで、その肩書きがなければ、誰にも見向きもされない存在なのだ。

菊は顔を上げることができなかった。

彼が、どのような目で自分を見ているのか知るのが怖かった。

――若葉さんに、まっすぐ見つめてって言われたけど……やっぱり無理だわ。

彼は、こんな自慢できないような女が嫁入りしてきて、疎ましく思ってはいないだろうか。軽蔑してはいないだろうか。

また、あの冷たい目で見られていたら……。

――あ、だめ……っ。

顔だけでなく、じわりと瞼の奥までもが熱くなってきた。

視界がゆがみ始め、慌ててぎゅっと目を閉じる。しかし俯いているせいで、瞼を閉じてもじわじわと目の隙間から熱があふれそうになる。

「いい話だろう」

「え？」

予想外の言葉に、菊は弾かれたように顔を上げた。

びっくりして、そこまで出てきていた涙も奥へと引っ込んでしまう。

「俺も昔、よく乳母に読んでもらった記憶がある。大人が読んでも面白い物語らしい」

黒王は本を撫でたりひっくり返したりと、目を柔らかく細めて懐かしそうに眺めていた。

次の瞬間、彼は『どうだった』と問うように菊へと目を向ける。

その視線が、菊が想像していたよりもはるかに普通で、肩と一緒に鼓動が跳ねた。

「は、はい！　とっても面白くて……虹色の勾玉を神様からもらった白烏が、野原に降り立って友達を探していくところが一番好きです！　特に最初のお友達の羽が片方なくなったのを見て、勾玉の烏が自分の白い羽をあげるところなど、その優しさにぐっときて。あっ、あと他にも――って、あ……」

たがが外れたようにしゃべり続けていた菊。だが、クッと笑いをこらえる黒王の声で我に返った。

黒王は俯いているが、肩が小刻みに揺れていた。絶対に笑っているに違いない。

「あ、わわ、私ったら!? あの、その……っ」

小声で「すみません」と尻すぼみに呟くと、またクッと聞こえ、再び顔に熱が集まる。

「これは、俺たち鴉一族について分かりやすく書いてある。手習いにもちょうどいいだろう。まあ、頑張るんだな」

「――っあ」

黒王の言葉に菊の目が、これでもかと大きく見開いた。

「あ?」

「ありがとうございます、黒王様っ!」

菊は瞳をキラキラと輝かせ、浮かされたような声で黒王に礼を述べた。

誰かに頑張れと言ってもらえる日が来ようとは、思ってもみなかったのだ。

彼にそんなに深い意味はなくとも、生まれて初めてかけられた自分の背中を後押ししてくれる言葉は、菊にとって心が震えるくらいに嬉しいものだった。

そしてこのとき、目を丸くしていたのは菊だけではない。

「礼を……言うのだな。人間も」

黒王も菊と同じような顔をして、ぼそりと口の中で呟いた。

しばしお互いが同じ表情で互いを見つめ合うという不思議な時間が流れるが、黒王が手にしていた本を床に取り落としたことで、不意に終わりを迎える。

ハッとして、菊は慌てて視線を隣の黒王から正面の文机へと戻した。黒王も、なんとも言えないとばかりに後頭部をかき乱しながら、落ちた本を文机へと戻す。

拍子に、黒王の横顔が菊の視界に入ってきた。

まつげの一本一本まで見える距離にある彼の横顔を見て、菊は「あ」と自分の勘違いに気づいた。

「黒王様の瞳は黒ではなく、深い紫色だったんですね。黒だと思っていました」

人間が持ち得ない、春光を受けてキラリと輝く深紫の瞳は、思わずまじまじと見入ってしまうくらいに美しい。

「それに髪の毛先も色が違うのですね。そちらは淡い紫色で……」

首後ろでひとつに結われた細い髪は、彼の背中で優雅な流水紋を描いている。ちょうど腰辺りにある毛先は、黒から紫へと変化していく濃淡が特徴的で目を惹く。

「とても綺麗——」

「——っ見るな！」

自然と菊の手が背中に流れる毛先に伸びた瞬間、黒王が勢いよく立ち上がった。

驚きに、「きゃっ」と菊から小さな悲鳴があがるが、黒王は振り返ることもなく部屋を出ていってしまった。

あまりに突然の展開に、菊は呆然と部屋の入り口を見つめるばかり。

「わ、私ったら黒王様になんて失礼なことを……!?」

彼のあの態度は拒絶以外の何物でもなかった。

勝手に髪に触れようとするのはさすがに無礼だっただろう。それに、今まで目や髪の色に気づかなかったというのも、気分がよいものではないはずだ。

「どれだけ私は黒王様を見ていなかったのかしら……花御寮失格だわ」

いくら偽物でいつかはすげ替えられる身だとしても、こんなにいい暮らしをさせてもらっているのだ。だから、せめてその日までは花御寮としての役目を全うしたいと思っていたところなのに、自分はなにをやっているのか。

――せっかく、黒王様がたくさんお話ししてくださったのに。

若葉にも言葉を交わすように言われた。にもかかわらず、その機会を自分でふいにしてしまうとは情けない。

「……私ってやっぱりだめな人間ね」

菊はわびしそうに俯いた。

3

ハッ、と唐突に覚醒した黒王は、腹の底に残る気持ち悪さを吐き出すように、天井に向かってため息をついた。

「……最悪だ」

しばらく布団に身を横たえたまま、起き上がることができなかった。

夢を見た。子供の頃の夢だ。

『お前はあたしの子じゃない！』

それが、覚えている母親に関する記憶の中で一番古いものだった。

五つくらいだろうか。それまで自分は母屋で父親と暮らしていて、ずっと乳母が母親だと勘違いしていた。しかし、乳母とは別に実の母親が東棟にいると聞いて、子供の自分はたまらなく会いたくなった。

東棟には近寄らないように、と父親には常々きつく言われていた。

いつも理由は教えてくれず、特に興味もなかったから素直に言いつけを守っていたが、本当の母親がいると聞けば話は別だ。

ひと目会いたい一心で、父親に見つからないように母屋を抜け出し東棟へと渡った。

東棟は、母屋と比べすべての装飾が華やかだった。

欄間（らんま）の透かしには花々が彫られ、格子戸の障子にも花の模様が漉（す）き入れられている。

母屋を離れ、次第に建具が美しくなっていくのに、子供の時分は心躍らせていた。

しかし、母親の部屋に入った途端、踊っていた心は氷漬けにされたように止まった。

いや、止められたのだ。

『お前はあたしの子じゃない！　バケモノめっ！』

金切り声で叫ばれると同時に、こめかみに痛みが走った。

『気持ち悪い色の目であたしを見るな！』

しばらく、自分の身になにが起こったのか分からなかった。

足元で陶器が割れる音がして、俯いた先に破片が散らばっているのを見て初めて、湯飲みを顔に投げられたのだと理解した。ポタポタと顎先からしたたる赤が交じった白湯はぬるく、いつまでも肌にまとわりつくようで気持ち悪かったのを覚えている。

他にも母親はなにか叫んでいたが、騒ぎを聞きつけてやってきた女官たちに引き離され、うまく聞き取れなかった。

ただ、ずっと『バケモノ』と叫んでいたのだけは覚えている。

きっと、昨日レイカと長々と会話したせいだ。少し気が緩んだのかもしれない。

「なんで今さらこんな夢を……」

「ははっ……馬鹿か俺は」

人間はバケモノを愛さない。

「ただの烏とあやかしの鴉では、まったく違うだろ」

鉛でも背負ったように重い身体を無理やり起こした黒王は、顔を覆った。不意に指先が触れたこめかみに痛みが走った気がしたが、とうに傷など治っているのだから、この痛みは偽物だろう。

「彼女の言葉もすべて偽物だ」

乳母がよく読んでくれた懐かしい本を見て一瞬ほだされそうになったが、しょせん彼女も人間だ。

黒王は隠すように、目を手で覆った。

「――っ！」

この色を綺麗と言った心の中では、彼女もバケモノだと罵っていたに違いない。やはり優しそうに見えても、彼女もどうせ他の人間と同じだ。

「必要以上に関わるな」

それでも、今日も彼女の元へと行かなければならない。

まだ黒王としての地位は盤石とは言いがたいのだから、他の者たちに隙など見せられない。今、つまらないことで足元をすくわれるわけにはいかなかった。

黒王は手早く身支度を整えると灰墨を呼び、今日の予定の確認を終える。

そうして時間ができれば、己の花御寮のいる東棟へと足を向けた。

そこへ、黒王の背中へ声をかける者がひとり。

「これはこれは黒王様」

振り返ると、白髪白髭(はくはつしろひげ)の老爺(ろうや)が立っていた。

皺が多く刻まれた顔は眉間にも深い皺を作っており、それがただの皺なのか、それとも感情によってできた溝なのか判別がつかない。

「玄泰(げんたい)か」

彼は、祖父の代から三代に渡って重役を務め、鴉一族を陰ながら支えてくれている最年長の里長である。

鴉一族は、黒王が直轄するこの郷以外にもさまざまな場所に『里』を持っている。

各里には里長がおり、彼らは鴉一族の重役として会合などの時期は郷に留まることになっている。

今ちょうど、黒王が交代したことで、今後の郷の方針などについて会合が開かれているのだが、この玄泰という老爺が中々の食わせ者なのだ。

「妻問いの儀の日から毎日、花御寮様を訪ねられていると聞いておりますよ。仲睦まじいご様子で、よろしゅうございますなあ」

代々の花御寮が、決して夫である黒王を受け入れてきたわけではないと知っていて、この言いようなのだから皮肉以外の何物でもないだろう。

しかも、それを表情を変えずに言うものだから、こちらとしては腹の中が読みづらい。

「その花御寮へ会いに行く俺の足を止めたのだ。玄泰、それなりの用があってのことだろうな？」

「はは、お厳しい。そうそう、郷の外をうろついているあやかしですが、わたくしにお任せいただきたいと思いまして。里から若者を呼び寄せて対処させようかと」

この冬頃から、チラチラと郷の外でよそのあやかしを見るようになっていた。

郷には結界を張ってあるため外から入ってくることはないが、それでも目と鼻の先でうろちょろされるのは鬱陶しい。

あやかしにとって縄張りを侵す行為は、従属させるという意思表示に等しい。

普通ならば、縄張りに入らなくとも万が一を考えて、よそのあやかしの縄張りには近付かないのが暗黙の了解なのだが。

さて、どこのあやかしがどのような意図でやってきているのか。

「分かった。この件については玄泰に任せよう」

「感謝いたします」

玄泰が殊勝にもきっちり腰を折り去っていくのを、黒王は眉をひそめて見送っていた。

◆

東棟を訪ねた黒王を迎えたのは、床にひれ伏した菊だった。

「……なにをしている、レイカ」

踏み入った瞬間の光景に、黒王でもビクッと肩を揺らして足を止めた。

彼の声には、はっきりとした戸惑いが滲んでいる。

「黒王様、昨日は不躾な態度をとってしまい、誠に申し訳ありませんでした」

「なんのことだ。ひとまず顔を上げろ」

黒王がドスッと菊の前に座ると、菊の顔もゆるゆると上がる。

今日の黒王は着流しではなく袴姿で、あぐらをかいて片膝だけを立てていた。

「若葉たちはどうした。姿が見えないが」

「黒王様とふたりだけでお話ししたいと思い、席を外してもらいました」

「俺とふたりきり、だと？」

黒王は眉をひそめ訝しげな声を漏らす。

無理もない。昨日まで己を怖がっていた者が、突然自らふたりきりになりたいと言いだしたのだから。

しかし、菊は臆することなくはっきりとした声で述べた。

「勝手に御髪に触れようとしたり、瞳をあんなにもまじまじと覗き込んでしまい、ご不快な思いをさせてしまいました」

すると、立てたほうの膝に頬杖をついた黒王の口から、盛大なため息が聞こえた。

「なんだ、そんなことか。別にその程度で気分を悪くしたりはしない」

黒王のため息に眉を下げた菊だったが、彼の言葉を聞いてすぐに愁眉を開き、ホッと胸を撫で下ろした。

しかし、それでは昨日の唐突な去り方はなんだったのだろうか。

「では、昨日突然戻られたのは？　てっきり私の無礼が原因かと」

「それは……」

たちまち、黒王の表情が苦虫を噛みつぶしたように厳しくなった。顔は菊ではなく明後日の方へと逸らされ、口元も頬杖で隠されてしまう。

——あ、また私、余計なことを。

先ほど謝ったばかりなのに、どうしてまた自分は同じ過ちを繰り返してしまうのか。

「申し訳ありません。私、人との距離の取り方があまり分からず……」

人と関わってこなかった。

関わることすら許されなかったのだ。

——いえ、誰かと関わりたいなんて思ったことがあったかしら。

物心つく頃には使用人生活が身に染みついていて、自分は忌み子だからと諦めていた。

今まではそれでよかったのだ。

しかしまさか、自分のその諦念を後悔する日が来るとは思ってもみなかった。

若葉に言われたからだけではない。どうしても、彼のことを知りたいと思ってしまうのだ。

『頑張れ』と生まれて初めて背中を押す言葉をくれた彼は、冷たい目と温かな手をした人だった。最初から彼の言動はずっとちぐはぐで、その理由を知りたいのだ。

初めて胸に抱いた欲求に突き動かされるように、菊はまっすぐに黒王の瞳を見つめた。

　黒王の喉が一度上下する。

「……俺のこの瞳や髪を、綺麗だと言ったな」

　黒王の手が、己の背中に流れていた髪を肩口から引き出した。

　ちょうど腹の辺りに落ちた毛先は、昨日見たのと同じように、胸の辺りで黒からだんだんと綺麗な紫に染まっている。

「はい、それはとても。まるで藤の花が飾られているようで、一足早く藤色を楽しめ得した気分です。目も紫水晶のように神秘的で、ずっと見ていたくなります」

　黒王は「そうか」とだけ呟き、また視線を逸らしてしまう。

　なにか気に障るような言い方をしただろうかと不安に思ったが、彼から怒気のようなものは感じられない。

　それにしても、髪も目も紫色とは実に不思議だ。現世(向こう)でこのような色を持つ者を見たことがない。やはり、あやかしだからだろうか。

　そういえば、若葉も前髪の一部が緑色をしていた。人には持ち得ない美しい色を持つ者たち。色だけではない。彼ら彼女らは皆、総じて容姿も美しいのだ。

　──本当、私みたいな嘘つきの忌み子にはふさわしくない場所だわ。

　黒王の美しさにそんなことを思っていると、「見ていたくなる、な」と彼の小さな声が聞こえた。

「レイカは、俺が怖かったんじゃないのか」

頬杖を外した黒王の顔が、正面――菊をまっすぐに見つめる。

咄嗟に『そんなことはない』と出かかった言葉を、菊はすんでのみ込む。彼のことを知りたいと言う自分は、彼に嘘をついている。偽物なのだ。だからこそ、せめてそれ以外の部分では嘘をつかず、彼には真摯でいたかった。

「確かに最初は怖かったです」

「素直だな。妻問いの儀の夜、俺の着物を握るお前の手は震えていた。それからもお前は俺を見なかった。なのに急にどうした、なにか欲しいものでもあるのか？　それとも村に帰りたいとお願いするためか⁉」

言いながら感情が昂ぶっていっているのか、最後のほうは叫ぶようであった。菊に向けられている顔も、片方の口端を皮肉めいて吊り上げている。

――ああ、この顔には見覚えがあるわ。

嫌というほど村で向けられてきた、相手を蔑むときの顔だ。逃げたくなり、反射的に顔が俯こうとする。

しかし、菊は意思の力でそれを止めた。

『黒王様をまっすぐ見てあげてください』

若葉の声が耳の奥で響く。

「怖かったのは、黒王様が分からなかったからです」

自分が怖いと思うことで彼を傷つけたのなら、少しでも彼を理解して、二度と彼を傷つけないようにしたかった。

それが、花御寮の資格もなにも持たない自分が、唯一彼にできることだと思うから。

「黒王様のことを私はなにも知りません。ですので、教えてくださいませんか」

「ハッ……無理をしなくていい。鳥のくせに人間と同じ容姿(かたち)をしているあやかしなど、人間にはバケモノに見えるのだろうな」

自棄的に言葉を吐き出す彼は、自分自身の言葉に傷ついているように見えた。

「人間と同じ姿をしているが、俺の中にはあやかしの血が流れている。人間とはまったくの別物だ」

「それは若葉さんたちも同じなのでは？」

「違う。若葉たちの本当の姿は鳥だ。妖力を使った人化(じんか)で人間の姿を真似ているだけであって、元々人間の身体を持つ俺とは違う」

俺だけだ、と黒王は床にたたきつけるようにまた自嘲をこぼした。

「常世の者が現世の者の腹から生まれてくるのだ。お前の腹からも……」

菊の腹を黒王が指さした。

そのまま彼は顔を近づけてきて、もうすぐで唇が重なる、という距離で低く脅すような声音で囁く。

「どうだ、恐ろしいだろう？　気持ち悪いだろう？　腹の中で十月十日もバケモノを育てるのは、どれほどの苦痛だろうなあ！」

初めて彼の瞳の中に、温度のある感情を見た気がした。

それは今までの昏く冷めた瞳とも、紫水晶のようにただ綺麗な瞳とも違う。

瞳の中に自分を映している彼の双眸は今、初めて感情らしい感情をあふれさせていた。

菊は、それがなんの感情か知りたくて、瞳を覗き込もうとした。

しかし次の瞬間、終わりだとでも言うように、瞳は瞼によって隠されゆっくりと遠のいていく。

「分かったら、二度と適当なことは言うな。子供さえ作れば、俺は二度と関わらないから安心しろ」

「安心などできません」

「……は？」

目をパチパチと瞬かせる黒王の姿を可愛いと思ってしまったのは、失礼だろうか。

「だって、私には黒王様が一番苦しそうに見えますから」

菊は、黒王の瞳の揺らぎが〝怯え〟だったのだと気づいた。

いつぞやの夜、村の雑木林で出会った、羽を怪我した烏と彼の姿が重なった。

それは、手負いの獣が怯えつつも威嚇する姿。

「黒王様がなにを指してバケモノと仰っているのかは分かりませんが、私は黒王様や若葉さんたち皆さんを、そのように思ったことは一度もありません」

黒王が息をのむ気配がした。

「バケモノとは、恐ろしい者を言うのでしょう？　確かに、黒王様に対しては怖いという感情を抱いておりました。しかしそれは、黒王様がなにを考えているのか、私になぜ冷たい目を向けられるのか分からなかったからです」

「それは……」と黒王の口角が下がる。

分からないものは怖い。だから昔から人々はなにが潜んでいるか見えない闇を怖がり、克服するために火を灯してきたのだ。闇の中になにがあるか知るために。

「むしろ私は、バケモノから救ってもらった身なのです。感謝こそすれ、黒王様たちをそのように思いなどいたしません」

「バケモノから救った？」

黒王は懐疑に首をかしげ目を細めたが、菊は曖昧な苦笑でごまかした。

——私にとったら、彼らよりもあの村の者たちのほうがよっぽどバケモノだったわ。

ずっと、ずっと、恐ろしかった。怖かった。あの村では生きている心地がしなかった。死ぬ勇気がなかったから死んでいなかっただけで、本当はずっと消えたかった。

一生、あの村でレイカたちのそばで生き続けなければならないのだと考えるたびに、息もできないほど苦しくなったものだ。

それと比べれば、たとえ初夜までのわずかな命であろうと、なんの苦痛も後悔もない。

「黒王様、私にできることはありませんか？」

だから、このような素敵な日々を与えてくれた彼らになにかを返したい。

菊はこの言葉は本心からのものだと伝えるために、なるべく声音を柔らかに、黒王の瞳を見つめ続けた。

——私は、二度と彼から目を逸らさないわ。

目を逸らされることの虚しさを、菊は充分に知っている。

「レイカに……できること……」

想いが通じたのか、もう黒王からは威嚇するような様子は感じられなかった。

幻想的な紫色の瞳が、戸惑ったように小さく揺れている。

菊は思った——『ああ、この心細そうに揺れている心を抱きしめてあげたい』と。

胸の内側に、甘く切ない熱が灯る。

「特になければ、昨日のようにお話でもしませんか？　私、黒王様のことがもっと知りたいんです」

目尻を柔らかく細め、菊は黒王に微笑みかけた。

「はは……またお話か」

「はい。好きな食べ物やお花、本でもなんでもいいですよ」

「……急に言われても困る」

語尾が掠れていくにつれ、彼の顔も俯いていく。

しかし、菊はそれを拒絶だとはもう感じない。

「ではまず、私から。私はここで出されるお料理がどれもおいしくて好きで、花はもうすぐ見頃を迎える桜が好きで、あ、でも黒王様と同じ色の藤の花も好きで、本は『にじいろまがたま』が好きです。それしか読めないっていうのもありますけど……」

驚いたように、パッと黒王の顔が上がった。

「食事は……あやかしが作ったものだが」

「あやかしの方はとてもお料理が上手なのですね。皆さん舌が肥えてらっしゃるのでしょうか？　こんなにおいしいものを食べたのは初めてで、好きなものがひとつに絞れませんでした」

もしかして尋ねた意図と違う答え方をしてしまったのか、黒王は面食らったようにうっすらと口を開け固まっている。

あんなに冷徹そうに見えた彼からいろいろな表情が飛び出すのが面白く、菊は口を隠した袂の下でクスッと笑った。

「さあ、次は黒王様の番ですよ」

しばらく沈黙の時間が流れる。

菊が、やはり急には無理だったかと少しだけ寂しく思ったとき、うっすら開いたままだった黒王の口が微かに動いた。

「……好きなものは……分からないが、嫌いなものならある」

「なんでしょう」と、菊は小さな声音を邪魔しないよう、静かに耳を傾ける。

「冬が嫌いだ。あれは……寒い。凍えるほどに」

「黒王様は寒がりなのですね。でしたら今日は少し風が冷えますので、なにか羽織りをお持ちいたしましょうか」

奥の部屋に自分の羽織があったことを思い出し、黒王の横を通り過ぎようとした菊だったが、不意にクンッと引き留められてしまう。

　隣を見れば、黒王が菊の左手を握っていた。

「こ、黒王様？」

「いい……行くな」

「でも、寒くありませんか？」

「寒くない」

　彼はそっぽを向いたままで菊からは顔が見えないが、握られた手は確かに指先まで温かく、寒くはなさそうだ。

　菊は出しかけた足を引っ込め、黒王の隣に静々と座った。

　握られた手は、そのまま床の上で握られ続けている。おかげで左手と左手で繋いでいるため、互い違いを向いて座ることになってしまい、これでは会話ができない。

「あの、黒王様。手を……」

「ああ」

　そうは言いつつも、彼の手は少しも動かなかった。

　相変わらず彼の顔は、菊とは反対方向を向いていて見えない。しかし、菊の手の輪郭を探るようにふわりと触れる彼の手は、まるで強く握ることをためらっているようで、妙にこそばゆく、変に心地よい。

　胸に灯った熱が指先にも移ったようで、疼くように痺れる。

力を入れて引けば、恐らく彼と手を離すこともできるだろうが、菊はそうしなかった。この状況が壊れてしまうのを、惜しく思ってしまったのだ。

「一緒にいろ」

瞬間、菊の顔が勢いよく黒王を向いた。

とはいっても、菊から見えるのは黒王の耳と後頭部だけで、顔など見えないのだが。

「一緒に……いても……？」

菊は心許なげに眉を下げ、涼やかな目を満月のように丸くして見つめていた。中に収まる黒い瞳は、風に揺れた湖面のようにキラキラと輝いている。

そこでようやく黒王の顔が少しだけ傾き、肩越しに彼の横顔が見えた。

「……話をしようと言ったのはレイカだろう。それとも俺ひとりで勝手に話していろと？」

彼の目尻が赤く染まって見えるのは、気のせいだろうか。

「いえ……っ、いえ、そのようなことはありません！」

菊は瞬時に首を横に振って否定した。あまりに強く振りすぎたために目の前がくらくらして、ふらりと黒王の肩にあたってしまう。

やってしまったと恥ずかしく思ったのも束の間、ふっ、と黒王が笑った気配がした。

「いいから……一緒にいろ」

ぐにゃり、と菊の視界が溶ける。目の奥が酸味を覚える。

菊は消え入りそうな声で「はい」と言うのがやっとだった。

朝の清涼な空気が広間に流れる、穏やかな日のことだった。

◇

「んっふふー、どうなることかと心配したけど、さっき覗いたら花御寮様と黒王様、いい雰囲気だったし問題はなさそうねー。それにしても本当、花御寮様って素直で可愛らしい方だわぁ」

若葉は軽くなった心そのままに、軽快な足取りで東棟内を歩いていた。

「おい、若葉」

すると、自分の名前を呼ぶ声が聞こえ、若葉は足を止める。しかし、辺りに人影はなく、声がした廊下の欄干に一羽の烏がとまっているのみ。

「あら、誰かしら？　わたくしを呼ぶ生意気な声が聞こえた気がしたんだけど……どっこにもいないわねー空耳かしらー？　ねえ、そこのちっこい烏さん、なにか知らなぁい？」

「いだだだだだ!? 脳出る脳出る！ 頭を掴むなバカバ！」

若葉が欄干にとまっていた烏の頭を朗らかな顔で鷲掴みにすると、烏はくちばしがついた口で人と同じ言葉を吐いて騒ぎ立てた。

「年上への敬い方を知らないと、命取りになるって教えてあげなきゃねえ？」

「バカバ、バカバ」とギャアギャアうるさい烏の羽根を、若葉が無言でつまむ。

「ぎゃあああ！ 羽根はむしらないで!? 禿げたくないよー！」

イヤイヤと頭を左右に回しながら悲痛な叫びを上げる烏に、ようやく若葉も両手を離す。解放された烏は、瞬時に若葉から距離をとり羽を大きく羽ばたかせると、次の瞬間には人の姿になって旋風と一緒に廊下へと着地した。

そこにいたのは、柔らかそうな灰色の髪をした人間——灰墨であった。

「まったく……郷内で元の姿でいたってことは、あんた、花御寮様と黒王様を覗き見してたわね？」

やれやれ、と腰に両手を当てた若葉が問えば、灰墨はばつが悪そうに唇を尖らす。

「気になるんなら、あんたも黒王様と一緒に堂々と来ればいいじゃない。近侍なんだし」

「やだ。人間なんか嫌いだ」

「あんた、人間と関わったことないわよね」

「それでも、黒王様を傷つけた人間は嫌いだ」

〝黒王を傷つけた人間〟というのが誰を指しているのか分かり、若葉は顔を曇らせた。

今、若葉は黒王の三つ、灰墨の七つ年上の二十六歳で、先代の花御寮のことも知っている。当然、彼女が黒王にどのような仕打ちをしてきたのかも。

「その方と今の花御寮様は別よ、一緒にするものじゃないわ。それに黒王様が受け入れられるのなら、近侍であるあんたも受け入れなさいよ」

灰墨も若葉の言っていることは分かっているのだろう。しかし、納得はしたくないようで、ずっと足元を見てむくれていた。

これ以上言ったところで仕方ないか、と若葉は肩をすくめると、暗くなってしまった場の空気を和ませるようにひときわ明るい声を出す。

「それで、わたくしになにか用なの？　ただ呼び止めたわけじゃないでしょう？」

「婚儀の日取りが出たらしい。正式な決定はもう少し先だろうけど」

「まあっ！」と若葉は喜びを表すように手を叩いて、喜色を全身にみなぎらせた。

「これでやっと、花御寮様と黒王様は本当のご夫婦になられるのね！」

嬉しさのあまり、若葉は灰墨に抱きついてぴょこぴょこと跳ねる。

「うわっ!? 急に抱きつくなって、バカバ！」

「はいはい、それよりも日取りはいつよ、いつ！」

「はっ、半月後だってよ！ 次の満月の日！ 黒王様には俺から伝えるからな！」

灰墨は若葉の肩を押してベリッと身体から引き離すと、恥じらいがどうのこうのとぶつぶつ言いながら崩れた着物を整えた。一方の若葉は、東棟の奥——菊と黒王がいる部屋を目尻をすぼめて嬉しそうな目で眺める。

「このままおふたりには、どうか幸せになってほしいものだわ」

「どーだかね」と拗ねたように言い放って、灰墨は再び烏姿になり母屋の方へと飛び去っていった。

「まったく、昔からあの子はひねくれ者なんだから」

若葉は灰墨の消えた方を眺めながら嘆息すると、仕事へと戻った。

4

黒王は開け放った寝所の障子に身体を預け、ひとり闇夜に浮かぶ欠けた月を眺めていた。

今日、灰墨が婚儀の日取りが決まったと、里長たちからの手紙を持ってきた。

「満月の日か」

見上げた月は半月よりも少し膨れ、あと十日ばかりで満月になる。あの月が煌々と輝く夜には、レイカと本物の夫婦になっているのだろう。

「レイカが俺の妻になるのか」

黒王は袂の中から腕組みしていた左手を出すと、まじまじと見つめた。

数日前、初めてレイカに触れた。

妻問いの儀で口づけまで交わしてはいたのだが、それは儀式の一環としてであり、自分の意思はそこにはなかった。自分の意思で彼女に触れたのは、あれが初めてだ。あの日の彼女は、今までとは違っていた。この、人間ではあり得ない紫色の瞳と髪を綺麗だと、まっすぐに見つめてきたのだ。

一瞬にして感情の深い部分に手を入れられたようで、全身がざわついてたまらなくなった。

やめてほしかった。

期待させないでほしかった。

期待して裏切られたときの全身が引きちぎられるような痛みと虚無感など、二度と味わいたくはなかった。

だから、なにか下心があるのではと、その優しそうな顔の下に隠した本心を暴いてやりたくて、わざと脅すようなことを言った。怖がればいいと思った。そうすれば二度と近付いてこないだろうし、自分も心を乱されなくて済む。

だが、彼女は怖がるどころか正面から向かってきたのだ。

一度も自分たちをバケモノと思ったことはないと断言し、今まで怯えていたのは、自分のことを知らなかったからだと説明してくれた。

その上で彼女は、なにかできることはないかと聞いてきた。自分のためになにかしようと思ってくれていたのだ。

目が覚めた心地だった。

今まで見ていた彼女は、すべて自分が作り出した幻影に過ぎないと理解した。本当の彼女は、まっすぐに自分を見てくれていた。言葉に裏側など最初からひとつもなかったのだ。

春陽のような微笑顔で見上げてくる彼女に、穏やかなぬくもりを感じた。

寒くて寒くて凍えていた自分の前に現れた、火が灯された蝋燭のような人間。胸の奥の深いところで凍っていた黒い澱が、温かさに溶けて消えていくようだった。

黒王は、眺めていた左手を強く握りしめた。

羽織を取りに行くと立った彼女の手を、気がついたら掴んで引き留めていた。彼女が離れた途端にまた寒さが襲ってきそうで、怖かったのだ。

だが、そんなこと言えるはずもなく、不思議そうにしている彼女に『一緒にいろ』と言うのがやっとだった。

「レイカ……」

以前はなかったのに、今は彼女の名前を口にすると胸がざわつく。

あの日から、広間を訪ねれば彼女は花がほころぶような笑みで迎え、『黒王様』と姿に見合った細く愛らしい声音で自分を呼んでくれる。手を握ればまだ少し驚きはするが、控えめながらも握り返してくれるようになった。

そのときの、頬を染めて照れたように眉を垂らす顔は小動物みたいで実に愛くるしいし、真っ黒な瞳と髪はレイカの色白の肌にはよく映えた。

しかし、彼女は自分の髪をあまり気に入っていない様子だ。ふわふわと綿のように軽い髪は触り心地がいいし、大きく波打った姿など華やかで美しいと思うのだが。

灰墨はレイカを傲慢と表現したが、やはりそのような感じは見受けられない。むしろ、自己評価が低いというか。よく謝っているし。

「そういえば彼女、妙なことを言っていたな。確か、バケモノから救ってもらった身とかなんとか……」

聞き返しても彼女は曖昧に笑っただけで、なにも答えはしなかった。

「もしかして、彼女にもなにか傷があるのだろうか」

自分にもまだ彼女に話せていないことはある。だから、無理やりに聞き出そうとは思わないのだが、できれば彼女の傷は自分が癒やしてやりたかった。

「俺の傷を知っても、彼女は受け入れてくれるだろうか」

『彼女にならば……』と思っている自分に驚く。

「レイカと話すのは、少し心地いいな」

見上げた月は、黒耀の空にただ静かに浮かんでいた。

◆

書き取りをしていた菊の手が、ピタリと止まる。

「え、十日後……ですか……？」

昼下がりにやってきた黒王は、開口一番に婚儀の日取りが決まったと言った。

「ああ、満月の日だ。それで俺たちは本物の夫婦になる」

「本物……」

たとえ正式な婚儀を行ったとしても、本物の夫婦になどなれないことは一番菊が知っている。元より花御寮自体が偽物なのだから。

——それもだけど、つまり……。

止まったままの筆先からは墨がどんどんと滲み、紙に大きな黒いシミを作っていく。

「不安か？」

気づいた黒王が菊の右手を優しく開いて筆を抜き取り、筆置きへと置く。そのまま菊の手を見つめ、指の一本一本に自分の指を絡めていく。

あの日から、彼は訪ねてくると、必ず手を重ねてくるようになった。

外の桜を眺めながらただ重ねているときもあれば、こうして手遊びのようにして指を絡めてくるときもある。

絡められる指や触れる肌はいつもとても温かで、結ばれている間、彼は穏やかな顔をするようになっていたのだが、今、菊の手を握りしめ「不安か」と聞いてくる彼の眼差しのほうが、どこか不安げだ。

彼は時折こうして寂しそうな目をすることがある。普段は威厳を纏って犯しがたい圧を放つ彼が、不意に子供のように見えるのだ。

その理由は、未だ分からない。

彼が今まで語った中には、原因と言えるようなものはなにもなかった。

菊は左手を彼の手にそっと重ね、首を横に振る。

「これでやっと花御寮としてのお役目を果たせるのですから、なにも不安なことはありませんよ」

「ただ、奏上を間違えないかは心配ですけど」とおどけてみせれば、黒王の目から不安の色が消える。

「そうだ、レイカ。婚儀の日取りも決まったことだし母屋を案内しよう。東棟に籠もりきりも身体によくないだろう」

黒王は「若葉」と入り口の外に向かって声を飛ばす。

すると、「はい」という返事と共に入り口の戸が開き、跪いた若葉が姿を現した。

ここ最近、黒王が訪ねてくると若葉や女官たちは席を外す、というのがお決まりのようになっていた。皆ニヤニヤしながら出ていくものだから、いつも残されたほうには妙な気恥ずかしさが漂うのだ。

「レイカをしばらく連れていくぞ」

「はいはいそれはもう、どうぞ心ゆくまでご自由に楽しんでらしてください」

「……含みのある言い方だな」

「はてさて、なんのことでしょう？」

じとっとした重たげな眼差しで黒王が若葉を見やるも、若葉はどこ吹く風とばかりに「ほほほ」と笑うのみ。

そのちょっとしたやり取りを見ても、黒王が周囲からどれだけ慕われているのかが分かって、菊はいつも少し羨ましく感じる。まだ、自分と黒王の間には、几帳のように薄い隔たりがあるように思えてならない。

そんな物思いにふけっていると、絡ませていたままの手を黒王が引いた。

「了解ももらったし行こうか、レイカ」

「え、あの、どこへ？」

「ついてくれば分かるさ」

そうして、菊は黒王に手を引かれながら広間を後にした。

黒王の一歩後ろを、手を引かれながらついて歩く。

「広いとは思っていましたが、想像以上ですね」

菊はキョロキョロと視線を巡らせながら、はぁと感嘆のため息を漏らす。

東棟から渡殿を渡った先が母屋なのだが、一直線に伸びた長い廊下に、傍らから見える屋根の数々。突き当たりで廊下が終わったと思えば、右に左にと曲がってまだ先まで続いている。母屋の中にも渡殿や池泉があり、松や青紅葉、枝垂れ梅に椿（つばき）と多くの植栽でにぎわっている。母屋だけで小さな村のようだった。

「迷子になってしまいそうです」

「俺と一緒にいればいい」

「……はい」

手を握る黒王の力がほんのわずかだけ増し、菊は彼の背後で密かに頬を緩める。

言葉以外で伝えられる気持ちが面映ゆかった。

「あ、ちょうどよかった。黒王様ー！」

そこへ、黒王を呼び止める声が前の方から飛んできた。

廊下を走るぱたぱたとした足音と、間延びした朗らかな男の声が段々と近付いてくる。

「黒王さ――」

しかし、菊が黒王の広い背中からひょこっと顔を覗かせれば、男の声がピタリと止まった。

菊の目に映ったのは、丸い目がどこか子犬を思わせる灰がかった髪色をした青年。

彼は菊と目が合うと、開いていた眉間にぎゅっと皺を寄せ、たちまち苦々しい表情となる。

「黒王様……そちらはもしかして……」

「俺の花御寮だ、灰墨」

灰墨と呼ばれた青年は「ども」と、一応という感じで会釈するが、菊が反応する前にはもう視線を切って黒王に話しかけていた。

――あら？　これはもしかして……。

花御寮として嫁入りしてから初めて向けられる感情。しかしそれは、菊には随分と馴染みのあるものでもある。

菊はふたりの会話に耳を傾ける。

どうやら婚儀の話のようで、儀式の段取りや必要な道具などについて話し合われていた。その中で、菊が読む奏上文についての話が出る。

「では花御寮様が読まれる奏上文は、通常より平易なものを用意するということで……」

「申し訳ありません、お手間をかけてしまって」

いたたまれず、菊はつい謝罪の言葉を挟んだのだが。

「あなたのためじゃなく黒王様のためですから。あなたが失敗するのは勝手ですけど、黒王様にまで泥を塗られちゃ困るんで」

チラとも目を向けられず、まるで俎上の鯉を包丁で一刀両断するかのごとく、無感情に淡々と言葉を返されてしまった。

「灰墨」と黒王が彼をたしなめていたが、彼の眉間の間に走った川がいっそう深度を増しただけだ。

「はいはい、すみませんね！　お忙しいところお邪魔しましたよ！」

「あ、おい、灰墨」

彼は黒王の声に振り返ることもなく、ドスドスと足音激しく廊下の奥へと姿を消した。

あっという間の出来事に、菊はきょとんとして黒王を見上げれば、視線に気づいた黒王も菊を見て片眉をへこませていた。

「すまない、レイカ。俺の乳兄弟で近侍の灰墨だ。普段はあんな感じではないんだが……少し人間嫌いなところがあって……嫌な気分にさせただろう」

やはり、と菊は心の中で納得に頷いた。

彼が向けてきた視線は、村でよく受けてきたものと似た類いだった。しかしだからといって、今さらそれで傷つくこともないが。

「好き嫌いは人それぞれですもの。どうかお気になさらず」

申し訳なさそうに肩を落とす黒王に、菊は気にしていないと笑って首を横に振った。

しかし、黒王の曇った表情は戻らない。

形のよい美しい眉は今、険しさに形を崩している。俯いた彼の顔は暗く、視線は菊ではなく足元に落とされていた。

「あいつの人間嫌いは俺が原因なんだ」

「黒王様が？」

そういえば、彼も最近まではわざと自分を遠ざけようとしていた節があった。今では、部屋を出るときに繋いだ左手を一度も離そうとはしないほどだが。

「少し場所を変えようか」

「え——きゃっ⁉」

言うと同時に、黒王は菊を横抱きにして庭へと下りた。

◆

母屋の庭を経由してふたりがたどり着いたのは、東棟の広間からいつも見えている桜の庭だった。

桜の花は五分を過ぎ、もう枝の茶色よりも薄紅色のほうが多くなっている。

樹齢どのくらいだろうか。庭にはたくさんの太い桜の木が植わっており、空の半分を淡くとも薄紅色に染めていた。

「こ、黒王様……おろしてください……ぃ……」

耳の先まで真っ赤にした菊は顔を手で覆い、黒王の腕の中で小さくなっていた。

東棟と違い母屋はさすがに人が多く、ここへ来るまでに、菊はいろいろな人に「まあ」やら「おっ」やらと好奇の視線を向けられ、顔から火が出そうなのだ。

「すまない。外に出る予定ではなかったから、レイカの履き物がなかったんだ。レイカの足を汚したくはなかったし」

掠れた小声で菊は何度も下ろしてくれと請うているのだが、黒王は菊を抱く手の力を強めはしても緩めることはない。

正直、子供のように抱かれ、それを周囲から興味津々に眺められると恥ずかしいのだ。

指の隙間から熱に潤んだ目を向ける。

「あの、重いですから、私の足など気にせず……」

「ははっ、これしき重いものか！　レイカならあと三人でも抱えられるさ」

大きな口を開けて愉快そうに笑う黒王に、菊は目の前にパチパチと光が走った気がした。

いつも彼に向けられる笑みは淡いもので、こんなに彼が大きな笑い声をあげているのを見るのは初めてだった。思わず、まじまじと彼の顔を眺めてしまう。

しかし、笑いを収めた彼が向ける顔は、どこか寂しさが漂っていた。

顔に陰が落ちているからだろうか、口元は淡い笑みをたたえているのに目元には愁いが滲んでいる。

「黒王様……」と、自然と菊の手が彼の顔に伸びようとしたところで、パッと黒王の顔が遠くを向いた。

「だが、確かにこのまま話をするわけにもいかないな」

黒王はひときわ大きい桜の木の麓で、菊を抱えたまま腰を下ろした。

菊は横向きのまま、胡坐をかいた黒王の足の中にすっぽりと収まり、背中を黒王の手が優しく支える。

見上げれば彼と目が合い、ふっと目を細められた。

「……っ」

これは、好意を持ってくれていると思ってもいいのだろうか。少なくとも、当初より関係はよくなっているとは思うのだが。

どうにも、この丁寧な甘さにまだ慣れない。

「灰墨の人間嫌いは俺のせいなんだ。いや、元々の原因は俺の母親かな」

空を仰いでいた黒王が、ポツリ、とこぼした。

まるで、空に語りかけているような静かな声。

「そういえば、黒王様のお母様はどちらに？　一度ご挨拶をと思ったのですが」

黒王の父親は亡くなったと聞いた。だから代替わりで彼が新たな黒王となり、村では花御寮が選ばれたのだから。

——その花御寮は偽物だけど……。

しかし、黒王の母親である先代花御寮は本物だ。自分と違い、正体がバレて罰せられるということもないはずなのに、未だ姿が見えなかった。

「もしかして、ご病気などで？」

以前、それとなく若葉に聞いたのだが、微妙な顔で濁されてしまった。

上を向いていた黒王の顔が、ゆっくりと下へ——菊へと向けられる。

俯いた黒王の顔が暗く陰った気がしたのは、空から降りそそいだ陽光の影だけとは思えなかった。

「母は自ら命を絶ったよ」

「え」

予想しなかった言葉に、うまく返事ができなかった。

「俺を産んだことを受け入れられず、少しずつ心を病んでいって……最期は物見の塔から身を投げて亡くなった。俺が七つのときだ。明け方に薄雪が積もった姿で発見された」

「どうして……」

「バケモノだと」

黒王の顔は、薄く笑っているようにも、今にも泣きだしそうにも見えた。

「自分は腹からバケモノを生んでしまったんだと」

菊は絶句した。

きっと思い返すのもつらかっただろうに、黒王はとつとつと語ってくれた。

幼い頃から、父親には花御寮の住まいである東棟への立ち入りを禁じられていたこと。五つのときに禁を破って母親に会いに行って、湯飲みを投げられたこと。その際に飛んできた、聞いている菊のほうが耳を塞ぎたくなるような、ひどい言葉の数々。

それでも幼い黒王にとって、母親は母親だった。

「その一件で、父親や乳母には二度と会わないようにと言われたが、実はそれからも、目を盗んでは東棟に忍び込んでいたんだ。周囲の皆からは、心が疲れているからああなっているだけだと聞いていたからな。だったら、その疲れを癒やせたら優しい母になってくれると信じて……」

ははは、と黒王が笑った。疲れたような、掠れた声で。

いつも大きく見える彼が、今はひどく小さく見える。自分の背を支える手が、子供のもののように弱々しく思えた。

彼の声からするに、恐らく彼の願いは叶わなかったのだろう。

そして、おとずれた母親の最期……。

彼の話を聞いて、菊は今までの彼の態度がすべて腑に落ちた。

なぜ、自分に触れる黒王の手は温かいのに、瞳には温度がなかったのか。

なぜ、近寄ろうとしたとき、何度も何度も遠ざけるように脅してきたのか。

「すまない。せっかくの春日和なのに暗い話をしてしまったな」

「いいえ、話してくださって嬉しかったです」

「灰墨は俺より四つ下だから、もちろん俺の身になにがあったのか覚えちゃいないが、いろいろと周囲から聞いたらしくてな。一緒に育った分、俺への思い入れも強くて……あいつの中では、俺の母親がそのまま人間の印象になってしまってるんだ。だからその、レイカ自身を嫌いというわけではなく……」

どうにか両者を傷つけないようにと懸命に言葉を選ぶ黒王の姿に、菊は肩を揺らす。

「ふふ、とても兄想いの弟さんなんですね」

「ああっ、生意気で騒がしくて猪突猛進なやつだが、優しい弟なんだ」

なにか思い出したのか、彼は肩をすくめて渋るように笑った。しかし、どこか無理して空気を明るくしようとしているのがうかがえる。

「黒王様」

菊は黒王の頬に手を伸ばした。不意にそうしたいと思ったのだ。

一瞬、彼は目を瞠ったが、菊の手が肌に触れるのを拒みはしなかった。瞼を閉じた黒王は、触れている菊の手に頬を擦りつけるように、ほんの少しだけ頭を揺らす。

『バケモノ』と、母親に拒絶された黒王。

『忌み子』と、村から弾かれた菊。

ふたりは思わぬところで同じ痛みを抱えていた。

誰かに不要と突きつけられる苦しさはよく分かる。

人数など関係ない。ひとりにでもそのような感情を向けられると、残りの者たちからも同じように思われているのではと錯覚してしまうのだ。常に疑って、なぜどうして、とずっと頭を悩ませ続けなければならなくなる。

そうして、心だけがどんどん疲弊していく。

彼の手や触れ方が温かかったのは、きっとかつて彼が母親に向けていた優しさの欠片(かけら)。

優しくしたいと思いつつも、また拒絶されたらという恐怖で、彼の言動はああもちぐはぐになっていたのだろう。

そよそよとした柔らかな春風が黒王の前髪を揺らすたび、彼の顔に落ちる影もゆらゆらと動いた。遠くでは、ヒバリが甲高い声でキュルキュルとさえずっている。東棟の女官だろうか、女たちの楽しそうな声も聞こえる。

穏やかな時が流れていた。

不意に、菊はなぜ自分が今ここにいるのか分かった気がした。

自分と彼は出会うべくして出会ったのだ。

レイカのために身代わりになったと思っていたが、そうではない。

──きっと私は、この人を温めるために花御寮になったんだわ。

母親に与えられなかった言葉を、眼差しを、ぬくもりを、同じ花御寮という自分が与えるために身代わりになったのだ。決して、レイカのためなどではなかった。

──それが、彼の花御寮である私にできることよ。

菊の手と黒王の頬の体温が馴染んで、触れ合った境界線が曖昧になり始めてようやく、黒王の瞼が上げられた。

菊の真っ黒な瞳と、黒王の深紫の瞳が、互いの姿を瞳の中に収める。

黒王がわずかに眉根を寄せた。

「この瞳と髪の毛の色は、人間ではあり得ない色なのだろう？　母はこの色を気持ち悪い色だと言っていた」

「一度も思ったことありませんよ。言ったでしょう？　とても綺麗な色だと。むしろ、こんなうねうねした野暮ったい髪の私からしたら羨ましいです」

黒王の指が、うねうねと表した菊の髪をひと房、指に絡め取っていく。

「また言っているのか。俺はこの髪が好きだよ、ふわふわしてずっと触れていたくなる。まるで冬毛の犬のようだ」

「まあっ」

ふたりは顔を見合わせ、ふっとどちらからともなく笑みを漏らした。

しかし笑いがやむと、黒王の顔はたちまち真剣なものになる。

「レイカ……俺はお前を信じていいのか？」

彼の眉宇が揺れていた。

毎日手を重ねても言葉を交わしてもまだ不安そうにしているのは、それだけ彼にとって母親から受けた仕打ちが根深いということだ。

菊は頬から手を離し、そのまま彼の顔の前で小指を立ててみせた。

「な、なんだ？」

「黒王様、お約束します。私は決して嘘をつきません。約束を破ったときは、針千本飲ますなりなんなりどうぞお好きに」

「――ツレイカ、やはり俺は……お前がいい……」

控えめに伸びてきた黒王の小指は、菊の小指に触れた途端、力強く絡みついた。くっついてしまって二度と離れないかのように強く、強く、けれど、痛くはない優しい力で。

嘘つきの身でありながら、嘘をつかないとは自分でも苦笑ものだったが、ちゃんと罰は受けるから許してほしい。

——どこまでいっても、私は偽物でしかないから。

だから、せめて口から出す言葉だけは本当でありたかった。

あと、十日。

せめてその間だけでも、彼を温めていたい。

第三章　すれ違う恋

1

——花御寮にするのなら、この娘がいいと思ったんだ。

人間を妻にすることは生まれながらに決まっていた。しかも、相手の人間は自分では選べない。界背村が送った人間をそのまま妻とするのが決まりだった。

そんな淡泊な流れで、夫婦らしいなにかが芽生えるというのか。

少なくとも自分は、芽生えたという過去の例をひとつも知らない。

それが黒王の役目だと言われれば、そうなのだろう。目的は嫁取りというより、次代の黒王を残すことなのだから。

なにが花御寮だ。

なにが夫婦だ。

すべて嘘ではないか。

だから、いよいよ黒王になると分かったとき、密かに界背村を見に行った。多分、ささやかな抵抗だったのだと思う。自分で選ぶことができないのなら、せいぜい全員を見て『どれが来ても変わらんな』と自分を納得させたかったのだろう。

郷の皆が寝静まった後、一羽の烏に姿を変えひっそりと鳥居を抜け、村を飛んで見回った。

現世を訪ねたのは、それが初めてではない。

昔はよく灰墨と一緒に郷を抜け出し、現世をふらりと飛び回っていた。それで、鳥居をくぐって帰ったところでいつもそれぞれの父親に捕まって、げんこつと雷をもらったものだ。

あのときは現世に行くのが楽しかったのに、このときは憂鬱で仕方なかった。

村のどこかに、自分の妻になる者がいる。

とはいっても夜中だし、見ることができても寝顔だけで、性格もなにも分かったものではないが。

そんなことを考えながら飛んでいたせいか、それとも烏化が久しぶりだったからか。

雑木林に入ったところで羽を引っかけ、墜落してしまった。

しこたま地面に身体を打ちつけ、『しくじった』と己の馬鹿さ加減を後悔していれば、カサッと何者かが近付いてくる音がしたのだ。慌てて飛び立とうとするも、やはり片羽はまだ動かせず、地面をのたうち回るだけ。

そうこうしているうちに、声が聞こえた。

若い女の声だった。

ただですらうっそうとして暗い雑木林に、しかもこんな深夜になぜ……。

しかし、ここで人間に遭うわけにはいかない。人間が鳥をよく思っていないのは前々から知っていた。あやかしの姿なら人間など赤子も一緒の存在だが、この姿でしかも怪我までしている今は不利だ。

しかし間に合わず、木の向こうからひょこっと娘の顔が覗いた。

どんな仕打ちを受けるのかと半ば覚悟したとき、彼女は驚きの行動に出た。なんと、ためらいもなく己の着物を引き裂き、怪我をしている羽に巻きつけたのだ。すっかり拍子抜けして警戒も解けてしまった。

その上、呆気にとられていると、顔をまじまじと覗き込んできて——。

『あなた、珍しい色の羽根と目をしているのね』

『とっても綺麗な色だわ』

と言ってのけたのだ。

しまいには、怪我で飛べないだろうからと木の実まで口先に並べていった。

なんだこの娘は、と帰っていく娘の背からしばらく目が離せなかった。

翌日、郷に戻っても彼女の突飛な行動が信じられなくて、再びこっそりと村を訪ねた。その日も深夜にやってきた彼女は、寒さに耐えるかのように膝を抱いて丸く小さくなっていた。

気づけば、彼女の前に降り立っていた。本来なら、自分から人間に近付くなどあり得ない。

顔を上げた彼女は、懐から木の実や干し柿を差し出した。正直、昨夜もだが、腹など減っていない。それにただの烏と違い、木の実など好んで食べたりするものか。

しかし、向けられた弱々しい笑みが自分のために懸命に笑ってくれているかのようで、気づいたら赤い実をひとつ口にしていた。

すると彼女は、目を丸くして瞬かせ、ふっと小さく噴き出した。

『ありがとう、優しいのね』

心臓が止まったかと思った。こんな人間がいるのかと驚いた。

その後、『ひとりぼっち』だと言って小さな嗚咽を上げ続ける彼女を、今すぐに抱きしめたいと思ったものだ。

理由は分からない。ただ……。

——俺はあの夜からずっと、彼女に心を奪われたままだ。

◆

あふ、と黒王は口元を隠した手の下で、噛み殺せないほど大きなあくびをした。

昨夜は、レイカはなにが好きか、なにを贈ったら喜ぶかなど、彼女のことを考えていたらすっかり寝つくのが遅くなってしまった。

——なにが『古柴レイカは傲慢で高飛車』なんだか。灰墨の言葉も当てにならんな。

猫を被っているかもと指摘され、初めはそうかもと思っていたが、どう見てもなにも被っていない。自分が出会ったあの夜の彼女そのものだった。

しかし、そうなると今度は灰墨の言葉が気になる。

——あいつは、どこでそんな噂を拾ってきたんだ？

大方、同じ名前の別人の噂を間違えて聞いた、といったところか。昔から灰墨にはおっちょこちょいなところがあるし、そう考えるのが自然だ。

そんなことをぼんやりと思っていると、隣から横腹を突かれた。

「——と各里からの報告は以上なのですが……大丈夫ですか、黒王様？」

「ん、ああ。それじゃあ少し休憩を挟もうか」

今、部屋では里長たちと共に、各里の定例報告と婚儀の進行についての話し合いが行われていた。半分は上の空だったが、定例報告については、事前の報告が上がってきた段階ですべて目を通して把握しているため問題ない。

正直、今すぐにでもレイカに会いに行きたかった。

里長たちの厳めしい顔を見るよりも、レイカと桜を眺めながら茶をすすりたい。彼女が隣にいてくれるだけで、陽だまりの中に立つように胸の内側が温かくなるのだ。

しかし、そうも言っていられない。

まだ自分は黒王になって日が浅いのだ。

ここに集った者たちは各里を束ねてくれている者たちであり、彼らの力を借りなければならないことも多い。

〝黒王〟が血統によって継がれることに異議を唱える者はいない。黒王が黒王である理由は、鴉一族の中で圧倒的な力を持つからである。

あやかしと呼ばれる者たちは、多かれ少なかれ皆『妖力』を持つ。それによってさまざまな術を使えるのだが、黒王は術の規模、精度、強度、どれをとっても他の鴉とは一線を画す力を持っていた。

それを可能にしているのが、界背村の娘――花御寮の血である。

界背村の者たちの身には、祓魔の力が宿っている。元をたどれば妖力だが、長い時を経て今や完全に別物となっていた。より彼らの世界に馴染むようにと独自の進化をとげ、また、村内婚姻を重ねて力が凝縮されているのだ。

それは大木のごとしで、根は同じだが成長し枝先が伸びるにつれ、どんどんと力の性質が離れていった。

そして、性質の異なる力をかけ合わせてきたことで、黒王の血統は抜きん出た力を持つようになった。もし他の鴉が真似をして界背村の娘に子を産ませても、何代にも渡って力を重ねてきた黒王の力には到底及ばない。

だから皆、黒王が自分より若輩者であろうと〝黒王〟として敬うのだ。

力によって立場が決められるあやかしの世界では、強さとは崇敬するものであった。

ただ、時には崇敬とは別の感情を抱く者も中にはいる。

「各里変わりないようでなによりだ。そうだ、南嶺（なんりょう）。奥方の調子はどうだ？　寝込んでいると聞いていたが」

「おおっ、お気遣いありがとうございます、黒王様！　しかし心配はいりませんよ。ただの食あたりですから」

「ははっ、ならばひと安心だ」

「いえ、もう本当、うちの妻は食い気がすごくて。しかも寒いとなおさらとか言って……今度黒王様からも食べすぎるなと注意してやってくださいよ」

「では今度、南嶺の里へと邪魔するかな」

「黒王様が来てくださるのなら、里の者たちも喜びます」

こうした何気ない会話で相手の様子を窺うのも重要なことだ。

休憩ということで、皆それぞれの里の様子や、自分の子や孫のことなどの会話に花を咲かせていた。

そこで、「では」と老爺の掠れた声が場をまとめる。

「次は、黒王様の婚儀についてですが。ここからは儀式を取り仕切るわたくしが話し合いの進行もいたしましょう」

灰墨が老爺――玄泰の目配せに浅く頷く。

さすがに先々代、先代と続けて婚儀を仕切ってきた玄泰は、婚儀までに行われる儀礼についてしっかりと把握している。それに対する段取りにも抜けがない。

「――そして、婚儀の前日ですが、黒王様と花御寮様はそれぞれ潔斎(けっさい)に入っていただきます。黒王様は北の霊泉で、花御寮様は南の霊泉でそれぞれ沐浴(もくよく)していただき、その日から婚儀まで、おふたりの接触はいっさい禁じられます」

「いっさいか……」

たった数時間の会議の間でも会いたくて仕方ないのに、一日も我慢できるか我ながら心配になってきた。

「その後は、祝詞奏上(のりとそうじょう)と三献(さんこん)の儀、誓詞奉読(せいしほうどく)と……まあ一般的な婚儀の流れと同じです」

「であれば気をつけるのはやはり前日だな。うっかり東棟に足を運んでしまいそうだ」

悩ましげに前髪をかき上げながら呟く黒王に、南嶺が愉快そうに目を細める。

「そういえば、黒王様は足繁く東棟に通われているとのこと。おふたりの仲がよろしいのであれば、これ以上幸いなことはありませんな」

周囲も南嶺の言葉を聞いて、「それはそれは」と顔をほころばせていた。

しかし、灰墨ともうひとり――玄泰だけは口を引き結んでいる。

「はてさて、それがいつまで続くやら……」

温まっていた場の空気が、一瞬にして凍りついた。

「その花御寮様の仮面が、どこまでもつのかが問題ですな」

「俺の花御寮は仮面など被っているようには見えんがな？　とても美しく可憐な容貌だぞ」

玄泰の皮肉に皮肉で返せば、彼はハッと鼻で一笑し、腰をゆっくりと上げる。

「わたくしは、そろそろこの花御寮という習わしを、やめてもいいと思っておりますがね」

「俺のことよりも、郷の外のあやかしはどうした？　自分から名乗りを上げたんだ。しっかりと対処できているのだろうな」

「もちろんですよ。里の若手もいましたし、わたくしも黒王様のような力は持たずとも、これでも長年里長を任されてきた身でしてね」

少し曲がった腰で手を結び、玄泰は足で畳を擦るようにして部屋を出ていく。しかし、廊下に出たところで「そうそう」と歩みを止めて、黒王へと首を返した。

「女官たちが、花御寮様は未だに湯殿や着替えの手伝いをさせてくれぬから、暇になってしまうと嘆いておられましたぞ。やはり花御寮様はあやかし……いや、もしや我らのような鴉に触れられるのを、心の中では嫌悪されているのかもしれませんなあ」

黒王の目がじわりと見開く。

玄泰は黒王の表情を目の端に捉えると、猿のように皺だらけになった口元を笑ませて去っていった。

「気になさいますな、黒王様。玄泰殿は二代にわたって花御寮様と接してこられ、いろいろとその……苦労されてきたようですから」

他の重役からの慰めの言葉に、黒王はチッと口の中で舌打ちした。

――王が憐れまれてどうする。

「……分かっているさ」

本当、食えないじじいだ。

◆

いつものように菊が広間で若葉や女官と談笑していると、入り口が開くなり荒っぽい声が飛んできた。

「レイカ、いるか！」

「あら、黒王様。こんにちは」

しかし、誰が入ってきたか分かっている菊たちは特に驚くこともなく、黒王ににこやかな挨拶を向ける。

彼は広間に入るなり荒々しい足取りで一直線に向かってきて、菊の左隣でぴたっと肩をくっつけるようにして座った。いつも、いつ来たのかと思うくらい静かに入ってくるのに、今日はまたどうしたことか。

「まあまあ、黒王様ったら。それでは花御寮様が動けないじゃありませんか」

若葉は黒王に場を譲るように菊のそばから一歩分下がり、女官たちは微笑ましい者を見るような顔をして、ほほと袂を口に当てながら部屋を出ていく。

「黒王様、なにかありました？　ご様子がいつもと違うように思うのですが」

「んー……別に。レイカの顔を見たらよくなった」

低く抑揚のない声で言われても、説得力がないのだが。

しかも肩はくっついているのに黒王はそっぽを向いているから、菊からは様子が見えない。顔を覗き込もうと、菊がそうっと身体を傾けて前から回り込むも、気づいた黒王に『見るな』とばかりに床についていた左手を握られてしまった。

「ふふ、今日の黒王様は、ご機嫌斜めなんですね」

「…………」

また手をぎゅっと握りしめられる。どうやら、もうしばらくはこのままのほうがよさそうだ。

「若葉さん、すみませんが文机を」

「かしこまりました」

若葉は分かったように立ち上がると、文机と一緒に墨や筆が入った硯箱も持ってきて、菊の前に整えた。

左手は黒王に握られたままで動かすのははばかられ、筆を持った右手だけで文字の練習をしていく。暇さえあれば本の書き取りをしてきたためか、今では平仮名でならばすべて、漢字も簡単なものであればいくつかは書けるようになっていた。

若葉が紙を押さえ、菊が書いていく。

紙をめくる音と筆が滑る音だけが部屋に響く、穏やかな時間が過ぎていく。

「……なにを書いてるんだ」

少し落ち着いたのか、黒王の顔がようやく菊の方を向いた。

「いろいろですよ。今は、若葉さんや女官の皆さんの名前を書いてます」

平仮名ですけどね、と筆先を上げて、書いた文字を黒王から見えやすくする。

紙には、うまいとは言いがたいひょろりとした文字で【わかば】や【こうづき】【ももせ】などと書いてあり、黒王が首を伸ばしてまじまじと覗き込んでくる。

てっきり『まだまだ下手だな』などと笑ってくれるかと予想していたのだが、なぜか黒王の口はみるみるへの字になっていく。

「え、え!? あ、あの、黒王様!? 私なにか失礼を!?」

戸惑いにおどおどする菊だったが、その隣でなぜか若葉が吹き出した。

「え、若葉さん?」

「……若葉」

黒王が、ぼそりと非難めいた声で若葉をたしなめる。

「……っし、失礼……っふふ」

顔を袖で隠していても、全身が小刻みに揺れているせいで笑っているのがばればれである。というより、なぜ黒王は難しい顔になり、若葉は笑いをこらえているのか。

「若葉っ」

しかし、黒王には若葉が笑っている理由が理解できるらしく、また若葉を、今度は先ほどよりも強い声でたしなめていた。

——なんで分かるのかしら。

菊にはふたりの表情の意味が分からないのに。
ふたりの間で顔を往復させていた菊は、無意識に己の胸元にカリッと爪を立ててい
た。
「ふっ……はいはい。それでは怒られてしまいましたし、わたくしはこれで失礼いた
しましょうかね。黒王様、言いたいことは口になさらないと伝わりませんよ」
「――ッ若葉！」
とうとう声をあげた黒王などなんのその。若葉は「ほほほー」と満足げな笑声を響
かせながら、パタンと扉の向こうへと消えていった。
はぁ、と大きなため息と共に前髪を乱暴にかく黒王は、菊が初めて見る姿で、珍し
い粗野な様子に思わず見惚れてしまう。
「ったく、あいつは昔っから……」
しかし、彼が呟いた言葉で瞬く間に菊の高揚は醒め、それと共に顔まで俯く。
「どうしたんだ、レイカ？」
ふたりは言葉を交わさずとも分かり合っていた。しかし、自分は口にされないと分
からないらしい。
それがなんだか、少し悔しくて、もやっとするのだ。
――なんなのかしら、これ……。

「……昔から黒王様と若葉さんは、そのように仲がよろしかったのですか？」

隣で黒王が笑う気配がした。

顔を上げれば、黒王がくつくつと喉を鳴らしていた。楽しそうに頬を緩め、こちらを横目に見ているではないか。

しかし、なぜ彼が笑っているのか、菊にはまた理解できない。

「安心しろ、若葉とは幼馴染みなだけだ」

「あ、そう……なんです、ね」

胸にわだかまっていたなにかがす一っと晴れる心地がした。

ニヤニヤとからかい顔を黒王が近づけてくる。

「妬いたのか？」

「妬く？」

「俺と若葉の関係に嫉妬したのかと聞いているんだ」

「……分かりませんが、それは、この胸の辺りがもやっとしたことを言うのでしょうか？」

こてん、と菊が首をかしげてみせれば、黒王は口をぽかんと開けたまま一歩後ずさった。

「どうされたのです、黒王様？」

顔が真っ赤だ。

「――っ無自覚か⁉」

なにがだろうか。

「婚儀までまだ数日あるのに、勘弁してくれ……っ」

「それよりも、黒王様こそ、先ほどのへの字口はなんだったのですか？」

「それよりもとは……」

きょとんとして本気で理解していない顔をする菊に、黒王は明後日の方向を見つめながら後頭部をがしがしと乱していた。

「あれは、その……若葉や女官たちの名前ばかり書いていたから……」

「しかし、黒王様のお名前を私はまだ聞かされておりませんから」

そこで菊は、はた、と気づく。

「もしや、お名前が『黒王』というわけではありませんよね？」

「……筆を貸せ」

言うが早いか、黒王は菊の手から筆を抜き取ると、さらさらと筆を走らせ文字を書いた。

「俺の名だ」

菊にも分かる達筆さなのだが、漢字で書かれているため読めず、読み方を聞こうとしたら、それよりも早く黒王の口が菊の耳元で囁いた。

「────」

聞いた名を呟こうとして、人差し指を口にのせられてしまう。

「俺の真名だ。真名は決して他人に知られてはならない。だから、レイカにだけ教えた。ふたりきりの……特別なときにだけ呼んでくれ」

菊は紙に書かれたふたつの漢字をじっと眺め、音を伴わず呟いた。

すると、水が湧き出るように胸の中でなにかが込み上げてきて、何度も何度も口に馴染ませるように、刻み込むかのように、菊はひとり呟き続けた。

「それにしても、レイカは十九だろう。今まで嫉妬したりはなかったのか？　村で想いを寄せた者や、寄せられた者くらいいただろう？　ああ、いや、俺としてはとても嬉しいことなんだが……」

嬉しいとさらりと言ったように聞こえたが、黒王の目尻はほのかに赤らんでいた。

菊は苦笑した。

「村にどのような者がいるのかすら私は知りませんでしたから。誰かに特別な感情を覚えるというのもなかったんですよ」

「そう……か」

黒王はわずかに首をかしげたが、菊は「はい」とだけ穏やかに頷き返事した。

その日も若葉に「そろそろ夕食の時間ですので」と声をかけられるまで、ふたりは並んで春風を共に感じていた。

母屋へと戻る廊下の半ばで、ふと黒王は足を止めた。

「……灰墨」

ぼそりと呟いた瞬間、一羽の烏が飛来し横の欄干に着地する。

名前を呼べばすぐに彼はやってくる。たとえ独り言の大きさでもだ。

それが近侍である。

「黒王様、なにか」

「調べてほしいことがある」

「どのような」

「界背村へ行け。そして〝古柴レイカ〟についてもう一度調べてきてくれ」

「花御寮様について？　今さらですか？」

「同じことでもなんでもいい。とにかく彼女に関する情報はすべて持ってこい」

「かしこまりました」

灰黒い鳥は翼を大きく広げると、一度の羽ばたきで空高く舞い上がり、屋敷の裏手へと姿を消した。

2

──なんだか、村にいたのがもう随分昔のようだわ。

実際はまだひと月も経っていないというのに。

今日は、昼から仕事があるからと、彼は朝早くからやってきた。

忙しいのなら無理して訪ねてこなくても大丈夫だと伝えたのだが、彼は「俺が会いたいだけだから」と言って、指の背で頬に触れた。彼の名前を書けるようになったと報告すれば、今度は頭を撫でてくれた。

──なんなのかしら……この気持ち……。

彼に撫でられた頬の感触を思い出しただけで、顔が熱くなる。

最初は、伸ばされた彼の手を怖いと思った。でも、今では彼に触れてほしいと、自ら頬を差し出しそうになる。

もっと、もっとたくさん、いろいろなところを彼に触れてほしい。

「ああ、私ったらなんてことをっ!? はしたないわ……」

耳の奥まで沸騰したように熱くなった顔を、自らの両手で包んで冷やす。

「よかったわ。若葉さんたちがいないときで」

こんな顔を見られたら、病気かと騒ぎになるところだった。

若葉たちは今、それぞれが受け持った仕事で広間の外に出ている。特にこのところは、婚儀を目前にして衣装の準備や用具の確認などで忙しいようだ。しかし、声をかければ誰かしらがすぐにやってきてくれるため、困ることはない。

「本当……どうしたのかしら、私……」

菊は風でも浴びようと広庇へと出て、庭に面した欄干にもたれかかった。

眼下では、桜の薄紅だけでなく、すみれの紫やたんぽぽの黄色、名を知らない小花の水色や桃色が咲き誇っている。

「あ、あの桜の木は……」

たくさんの桜の木が植わっているのだが、桜の花々で隠された庭の奥にある一本は、かつて黒王と共に腰を下ろして眺めた桜ではないだろうか。

凍えていた彼を温めよう、とあの日に誓った。彼が、ずっと笑っていられるように。

――私はずっと彼のそばにはいれないから……。

「少しでも彼の心が癒えてるといいんだけど」

傷は簡単に癒えない。しかし、花御寮としてここで過ごすようになって、確かに菊の中の傷は癒えていっていた。

そして、癒えた場所に別のなにかが芽吹き始めているような気がする。

それがなんなのかは分からない。生まれて初めての感情だった。

「なにかしらね」

桜の麓を眺め続けていると、ふと背中を支えてくれていた彼の大きな手の逞しさを思い出してしまった。

たちまち耳まで熱くなる。

「……もうっ」

手でパタパタと顔を扇ぐ。花の香りを含んだ風が、ちょうどいい冷たさで心地よい。

花御寮になってからというもの、菊が得る感情は未知のものばかりで、毎日が大忙しだった。

胸が躍るようなことから、締めつけられるようなこと。凪ぐようなときもあれば、毛が逆立つようなときもあった。

「そういえば、昨日のあれはなんだったのかしら」

胸の内側が、なんというか不愉快だった。しかし、今こうして指でカリカリとかいてみてもなにも感じない。昨日はかいても消えないもやもやがもどかしかったのに。

「あれが嫉妬……というものなのかしら？　でも、どうして……」

菊は振り返り、正面にある広間の入り口を眺めた。

扉はぴったりと閉まっており、うんともすんとも開く気配がない。

「……仕事って言っていたもの。来ないわよね」

そこで菊は自分が、今あの扉が開いて彼が顔を出してくれないかと願っていることに気づいた。

「そういえば、いつからかしら」

彼が来るのが待ち遠しく感じたり、帰っていく背中を寂しく思い始めたのは。

最初は、彼が来れば恐ろしく、帰ればホッとしていたというのに。

「………………」

菊は入り口を眺めながら、欄干に引っかけた腕に頭をのせた。

自分の頬が、ほのかに温かくなっていくのを感じる。胸の内側がむずむずとする。

でも、爪を立てたくなるような不快感はない。

「なんなのかしら……」

答えは出ない。

しかし、この感情は決して悪いものではないのだろう。

◇

東棟を訪ねれば、彼女は青草の爽やかさが香るような笑みで迎えてくれる。

今日は朝から訪ねたのだが、若葉たちが部屋を出てふたりきりになった途端、耳元に顔を寄せてきて『お名前、書けるようになりました』と囁かれた。

それが嬉しくて嬉しくて、ニヤける口元を隠すのが大変だった。

口を押さえて言葉を発せなかったため、代わりに頭を撫でてやると、彼女は照れたように「ふふ」と笑った。

その穏やかさがまた可愛くて、たまらなくて。

彼女が自分のことをどう思っているのかは分からない。少なくとも嫌われてはいないとは思う。それどころかこの間は、ヤキモチのようなことを言っていた。自覚はないようだが。

ただ、どのように思われていようと、暖かな陽だまりのような彼女の隣にいられるだけで、心地よくて幸せだった。

そばにいてくれるだけで……よかったのだ。

名残惜しさを感じつつも午後からの仕事があるため早々に母屋へと戻ってきたのだが、それどころではなくなってしまった。

「──デタラメを言うなっ!!」

三日ぶりに帰ってきた灰墨の報告を聞いて、黒王は母屋中に響き渡るほどの怒号を飛ばした。

「しばしお待ちを」

しかし、灰墨は少しも臆することなく座を立つと、閉まっていた障子を開け、外の様子をきょろきょろと窺い戻ってくる。

「黒王様、もう少し声を落としてください。人払いをお願いしましたが、あまりにもですと女官たちが駆けつけてくるかもしれません」

「なるほど。このための人払いだったたか……」

怒号と一緒に落とした拳により、脇息が半ばから綺麗に折れていた。

「花御寮が嫌いだからと適当なことを言っているんじゃないだろうな、灰墨」

「そんなことしないのは、黒王様が一番分かってますよね」

「……悪い」

灰墨が折れた脇息を手際よく片付けていく。

黒王は置き所のなくなった手で顔を覆った。

「レイカが……っ身ごもっているだと……」

灰墨の報告はあまりにも信じがたいものだった。

灰墨は当初、既に嫁入りした者のことなど誰が噂するというのだろうと、きっと大した情報は得られないなと期待していなかったそうだ。

しかし、界背村に入り違和感を覚えたという。

村の者たちが、あちらこちらでヒソヒソと『古柴家の娘』や『レイカ』という言葉を口にしていたのだ。いなくなった者について、なにをそんなに話すことがあるのかと聞き耳を立てれば、村人たちはどうやらひとつの話題ばかりを口にしている様子だったという。

『さすがレイカだわぁ。私だったら万が一を考えてそんなことできないわよ』

『古柴家だからって、結構彼女だけいろいろと許されてたもんね。相手も成矢家だし』

『でも、だからってまさか、妊娠してたなんて』

灰墨は冗談だろうと耳を疑った。到底信じられる内容ではない。

だから最初は、もしかして村にはレイカという名前の女が他にいて、そちらの者のことだろうと思ったらしい。

しかし、それから灰墨は隅々まで村を飛び回って村人たちの声を集めたが、〝古柴レイカ〟どころか〝レイカ〟という名前の女はひとりしかいないという裏付けにしかならなかった。そして、彼女が身ごもっていたということも。

「村はその噂で持ちきりでした」

灰墨は苦々しい表情で奥歯を噛みしめた。伝えたくはなかったという思いがヒシヒシと伝わってくる。

「……村人たちはどうやってレイカの身ごもりを知ったんだ」

黒王はうなだれそうになる頭を、支えるようにして目元を覆い隠す。

「花御寮様には元々恋人がいたそうです。本来村の掟では、花御寮候補者はその期間が過ぎるまで異性と深い仲になるのを禁じられているそうです。が、彼女の場合は相手の男を含め村の有力家だったこともあり、清い関係であればと大目に見られていたようです」

「清い関係な……」

どうやら村の大人たちの譲歩は、見事に裏目に出たようだ。

「深い仲の恋人がいたのは分かった。だが、どうして今さら噂になっているんだ」

「どうやらその男、長らく仕事で村の外に出ていたようでして。古柴レイカが花御寮に選ばれたことも、嫁入りしたことも知らなかったらしいんです。仕事を終え村に戻ってきたとき、他の村人から聞いて『レイカの腹には俺の子がいるんだぞ！』と随分と騒いだようで」

「なるほどな。それでその男と……古柴家はどうしている」

「まず古柴家のほうですが、嫁入り以降火が消えたように静からしいです。使用人も、娘が花御寮となってから入れていないみたいですし」

「娘がいなくなったショックか」

「男のほうはしばらく騒いでいたようですが、今は落ち着いているようですね。ただ、それでも内容が内容なので噂は未だ……という感じです」

正しく状況を把握するために、なんとか冷静に話を聞くことはできたが、こうして座っていても頭がクラクラする。胸の内側は焼けるように熱いのに、頭の中は凍ってしまったかのように恐ろしいほど冷えていた。

――レイカの腹の中には、既に別の男との子が宿っている……？

この紫色を、綺麗だと微笑んでくれた彼女の中に？

嘘をつかないと、小指を差し出してくれた彼女の中に？

自分の真名を記憶するために、何度もあの愛らしい唇で口ずさんでいた彼女の中に？

「……っ！」

前髪を握り込んだ手の中で、ブチブチと髪が切れる感覚があった。しかし、痛みは感じない。

黒王の憤る姿に、灰墨の目も悲しそうにすがめられていた。

「そりゃ人間は嫌いですし、花御寮制度なんかなくなれって思ってますけど……でも、黒王様が笑う姿が増えてよかったとは思ってたんです。だから……その笑顔がなくなるような報告、本当は持ち帰りたくなくて……」

以前、古柴レイカを調べると言って村へ行ったときは、灰墨は一日で帰ってきた。今回三日もかかったのは、噂が間違いであることを突き止めようと頑張ってくれたからだろう。

「分かっている。余計な苦労をかけたな、灰墨」

ありがとう、と労ってやりたいのにうまく言葉が出なかった。

正直に言うと、聞きたくなかった。

しかし、彼女に関する情報をすべて持ってこいと命じたのは自分だ。灰墨はなにも悪くない。悪いのは、彼女のひと言に違和感を覚えてしまった自分なのだから。

彼女に関しては、以前からちょこちょこと首をかしげたくなるようなことはあった。

たとえば、聞いていた性格と違うとか、文字の読み書きができないとか。しかし、性格に関しては相手によって評価も変わるだろうし、読み書きは得手不得手があるだろうと、さして疑問は抱かなかった。

しかし、『村にどのような者がいるのかすら私は知りませんでしたから』という言い方には引っかかりを覚えた。村人に噂される程度の関わりはあるのに、『知らない』などということがあり得るのだろうかと。

その些細な引っかかりを解消しようとした結果、ますますレイカが分からなくなった。

――俺があの夜に出会った彼女と今の彼女、そして噂の彼女……どれがいったい本物なんだ。

すると、もじもじと灰墨が視線を送っているのに気づく。

「どうした、灰墨」

灰墨が、ためらいがちに口を開いた。

「黒王様……花御寮様って確か、女官たちに湯殿や着替えの手伝いをさせないって話でしたよね」

ハッとした。

「それって、膨らんだ腹を見られないようにするためじゃ……」

「……下がれ、灰墨。このことは他言無用とする」

「黒王様！　花御寮様を村へ送り返してやりましょうよ。別の花御寮でもいいじゃないですか！　だって下手したら、見知らぬ人間の男との子を育てるはめになってた――」

「下がれ、灰墨っ!!」

もうなにも聞きたくない。

黒王は意思表示をするように、瞼を閉じ顔を俯けた。

「黒王様……っ」

憐れみと悔しさを滲ませた声で灰墨が呼ぶが、これ以上はなにも考えたくないのだ。

「下がれ……」

喉から絞り出した声は、自分でも聞いたことのないような悲壮感が漂っていた。

灰墨が立ち上がる衣擦れの音がした後、すーっと障子が開いて、また閉められる音がした。トン、トン、と足音が部屋から遠ざかっていく。

「それでも俺は……っ」

部屋に落ちる静けさが耳に痛かった。いや、耳よりももっと別のところが、かきむしりたくなるほどに痛かった。

このような感情、今まで一度だって抱(いだ)いたことはないというのに、なんだというのだ。

瞼の裏では、彼女が『黒王様』と呼んで笑っていた。

いつも扉を開けると、春陽が降りそそぐ明るい広間で彼女はちょこんと座っている。

そしてこちらに気づくと、ふっと顔をほころばせるのだ。桜色に頬を染めながら。

「ああ……こんなときに好きなものを知るとはな」

彼女の桜色に染まる頬が好きだ。

彼女の小鳥がさえずるような愛らしい声が好きだ。

彼女の『黒王様』と言う小さな口が好きだ。

彼女の穏やかに下がった眉と、猫のように少し跳ねた目元が好きだ。

彼女のふわふわとして綿(わた)のように柔らかい長い髪が好きだ。

彼女のまっすぐに見つめてくる、烏の色と同じ真っ黒な瞳が好きだ。

すっぽりと握れてしまう華奢(きゃしゃ)な手も、懸命に後をついてくる狭い歩幅も、景色を見るたびにうっとりとした息を漏らすところも……。

なにもかも。

全部。

彼女が狂おしいほどに好きなんだ。

「——っ！」

自覚した瞬間、不明瞭だった感情に名がついた。

「もう……俺には彼女を手放すことなどできない……っ」

たとえ、別の男の子を身ごもっていようと。

これは間違いなく〝恋〟だった。

3

桜も八分咲きとなり、風が吹けば淡い花びらを広間に散らすようになった。

広間と続きになった広庇から見える景色は、夕日を浴び薄紅色の花びらが茜色(あかねいろ)に染まり、圧巻のひと言だ。

しかし、そんな絶景の中でも、菊は先ほどからずっとチラチラと部屋の入り口を気にして、若葉の話も上の空という感じだった。

「花御寮様、気になりますか？」

「えっ、なにがですか」

「なにがですか、じゃないですよ。昼過ぎからずっと入り口ばかり気にして。分かりやすすぎです」

若葉が目も口も弧にして、隣へとにじり寄ってくる。「もうっ」と肩をグイグイと押され、なぜだか気恥ずかしくなった。

「私、そんなに分かりやすかったですか？」

そりゃあもう、と若葉は大げさに頷く。

「黒王様をお待ちなんでしょう?」

「……はい」

返事した菊の声は、消え入りそうなほど小さかった。

「確かに、今日はどうしたことでしょうか。もう夕刻だというのに、黒王様がまだお見えにならないとは……」

「お仕事でしょうか」

「そうかも知れませんね。婚儀も近いですから」

「婚儀……」

その日を迎えれば、すべてが明らかになる。

——そうしたら、私はどうなるのかしら。

少なくとも、もうここにはいられない。

この美しい景色とも、暖かな陽射しとも、優しい女官とも、姉のような若葉とも、お別れだ。そして……。

——彼とも……。

傾く夕日のせいだろうか、心がきゅうと締めつけられ、なぜだか虚しくなった。

「大丈夫ですよ。皆、花御寮様が黒王様の正妻になられるのを心待ちにしているのですから。慣れないことも多いでしょうが、その都度わたくしたちがお助けします」

押し黙ってしまった菊の肩を、若葉がゆるりと撫でた。婚儀を間近に控えて不安に思っていると、勘違いされたようだ。

菊は、曖昧に笑った。

「そういえば、若葉さんは黒王様と幼馴染みだとか。よければ黒王様について聞かせてくれませんか」

「うふ、花御寮様も黒王様のことが好きなのですねぇ。おふたりに仕えるわたくしにとっては、喜ばしいことです」

「え、好き……？」

これ以上婚儀のことは考えたくなくて、別の話題を探してふっと出てきたのが彼だったというだけで、『好きだから』などとは考えなかったのだが。

——しかも、『花御寮様も』ってことは……。

まさか、黒王は自分のことを好きなのか。

確かに彼は優しいし、よく微笑みかけてくれる。

でも、それはそういう性格の人だと、自分の花御寮だから気遣っているのだと思っていた。以前、若葉も彼はとても優しい人だと言っていたし。

悩む菊を置き去りに、若葉は嬉しそうに「小さい頃の黒王様は……」などと、さっそく語り始めている。

「まあまあ、それはそれはやんちゃでしたよ」

「え、あの黒王様がですか!? とても落ち着いた方ですが……」

「猫かぶりです。花御寮様に格好よく思われたくて、一生懸命に取り繕っているんですよ。わたくしのほうが、えっと……三つ年上なのですが、もうそれは昔っから随分と手を焼かされたものですよ。わたくしの母が先代の花御寮様に仕えていたのもあり、よくわたくしもお屋敷に連れてこられていまして」

「ああ、それで幼馴染みなんですね」

「ええ、年が近くてちょうどいいからと、黒王様と、乳母兄弟の灰墨という者がいるんですけど、いつの間にかそのふたりのお世話係にされてましたね。花御寮様は灰墨をご存知で？」

「い、以前、母屋に行ったときにチラッと……」

菊が困ったように笑ったのを見て、若葉は「あー」と理由を察する。

「灰墨は昔から黒王様に憧れてましたからね。だからその黒王様が……」

その先を言いにくそうに若葉が言葉を濁す。

「ええ、黒王様から聞いてます。そんなことがあれば、誰だって人間が嫌いになって当たり前ですよ」

なるべく直接的には言わず知っているということを伝えれば、たちまち若葉の涼しげな両目が大きく、まなじりが裂けんばかりに見開かれた。

「え、あ……ま、まさか聞かれたんですか？　黒王様から先代花御寮様のことを」

そんなに驚くことだろうか。

素直に菊が頷くと、若葉は今度は目を細め、はぁと吐く息を震わせていた。

「よかった……っ本当に……あなた様が花御寮になってくださって。あの件で、彼は心を閉ざしてしまい、ほとんどの感情を失っていました。以降、決して誰にも先代花御寮様の話や、その件について口にはしませんでしたから」

「感情を失う……分かる気がします」

村にいたときの自分も、感情など苦しいと悲しいくらいしかなかったものだ。それが当たり前になりすぎて、他の感情があることもすっかり忘れていた。

考えると絶望に打ちのめされそうになるから、どうでもいいと無心で生きるしかなかった。

「でも今、黒王様は信じられないくらいに穏やかに笑われます。帰られるときも、とても名残惜しそうに広間を何度も振り返りながら」

「知らなかった……です」

――私だけじゃなかったのね……。

閉まった扉に名残惜しさを感じていたのは。

きょとんとしてこぼせば、若葉は眉を垂らして「そうでしょうとも」と肩を揺らした。嬉しくて仕方ないといった様子で、目尻を濡らしている。

「まるで幼い頃のあの子を見ているようで……感情豊かに、日々を楽しんでいるあの頃に戻ったようで、わたくしはとても嬉しかったのですよ」

握りしめた菊の手に、若葉は敬うように額をあてがう。

「彼の心を取り戻してくださって、ありがとうございます。侍女の若葉ではなく、彼の幼馴染みとして心より感謝しております」

彼女の手は小刻みに震えていた。どれだけ彼女が彼のことを気にかけていたのか伝わってきて、菊も思わず目頭が熱くなる。

――誰かが喜ぶのが、こんなにも嬉しいことだなんて。

「私、黒王様の花御寮になれてよかったです」

心からの言葉だった。

しかし、自分がその名前で呼ばれるのもあと数日。

瞬間、胸の奥が痛いほどに締めつけられる。菊はその感情を見ないふりした。

その代わり、痛みをごまかすように菊はチラッと横目で入り口を窺った。

「黒王様もそう思ってくださってたら嬉しいんですけど……」

なぜだか泣きたくなった顔に、無理やり笑みを貼りつける。

「大丈夫ですよ。きっと明日は訪ねてこられます。たくさん文字を練習して、驚かせましょう！」

「そうですね」

若葉はちゃんと騙されてくれたようで安心した。

まだ自分はしっかりと花御寮をできている。

◆

しかし、次の日も、そのまた次の日も、彼は姿を現さなかった。

病気なのではと心配になり、若葉に様子を尋ねたりもしたが、彼女は病気ではないと首を横に振った。

「仕事が詰まっているのかとも思いましたが、今の黒王様でしたら、一瞬でも手すきの時間があれば飛んできそうなものですのに」

「あの、私から黒王様を訪ねてはいけませんか？」

あとわずかな限られた時間は、少しでも多く彼と過ごしたかった。

菊の提案に、若葉がパンッと手を打つ。

「そうですよ。待っている必要なんかありませんものね！　花御寮様は母屋でも他の棟でも、ご自由に歩かれていいんですよ」

どうやら今までの花御寮は、東棟からは絶対に出ようとしなかったとかで、若葉もすっかり忘れていたらしい。

確かに、嫁入りを泣き叫ぶほど嫌がっていたのなら、わざわざ東棟を出て人の多い母屋へと行こうとは思わないだろう。

「では、若葉さん。供をお願いします」

こうして菊は、東棟を出て母屋へと向かったのだった。

母屋には以前黒王に手を引かれて一度来たきりだったが、若葉がいてくれたおかげで迷いはしなかった。そして、黒王の行動範囲を把握している若葉によって、あっという間に彼は見つかった。

「こんにちは、黒王様」

「レ、イカ……ッ!?」

なんのことはない。黒王は彼の私室にいた。

若葉が訪ねてきただけと思ったのだろう。若葉の入室を請う言葉に「んー」と気のない返事をした黒王は、現れた菊を見て、飲んでいた茶を吹き出していた。

「いつも黒王様に来ていただくばかりでしたので、今日は私から訪ねてみました」

菊はあ然としている黒王に、にっこりと笑みを向ける。

「どうやらお仕事中ではなさそうですし、ちょうどよかったですね、花御寮様」

「ええ、ありがとうございます、若葉さん」

鏡映しのように、ふたりして同じく首を傾ける。

「では、黒王様、花御寮様。どうぞごゆっくりぃ。あ、帰りは黒王様が東棟まで送って差し上げてくださいね」

「え、あ、おい！　若葉っ」

言いたいことだけ言うと、若葉は黒王に口を挟ませる暇もなく部屋を去っていった。

てっきり、いつものように笑みを向けてもらえると思ったのだが、黒王の顔は菊を向いていなかった。口元の茶を袖で拭きながら、どこか気まずそうに視線を下げている。

「すみません、突然。お仕事の休憩中だったでしょうか？」

「ああ、いやまあ……そうだな。この後は少し……郷の外を見回るつもりだ」

「黒王様自ら見回りなどされるのですね」

「ここ数ヶ月、他のあやかしが近くをうろついていてな。結界を張っているから中までは入ってくることはないし、もう片付いたようだが。一応念のためにな」

「それは大変ですね。そんなときにすみません。黒王様のお姿が最近見えなかったもので、気になって……」

「——ッ本当か！」

逸らされていた黒王の顔が、勢いよく菊へと向けられた。あまりの勢いのよさに、菊のほうが驚いて一歩下がってしまう。

部屋に入って初めて交わった視線。

その表情はパッと花が咲いたように晴れやかなもので、紫色の瞳の中では星がパチパチと瞬いていた。

「あ、いや……なんでもない」

しかしそれも、一度強く瞼を閉じ、再び開けたときにはもう消えていた。

視線も逸らされたままで、部屋にもどかしい気まずさが漂う。

菊はまだ部屋の入り口に立ったままであった。普段の彼ならば、部屋に菊が来た時点で手招きでもしそうなものなのに、やはり今日は最初からどこか様子がおかしい。

「レイカ……聞きたいことがあるんだが……」

「はい、なんなりと」

いつも隣で会話していたから、今のふたりの距離もそうだが、菊が立って黒王が座っているという妙な距離に違和感がある。

「その……体調は悪くはないか。腹が痛いとか……」

「ええ、おかげさまで。お料理はおいしいですし、若葉さんたちは皆さん優しいですし、差し込む太陽は暖かですし、一面の桜も美しいですから。村にいたときよりも健康的ですよ」

「そ、それならばよいが」

またしても奇妙な空気が流れる。

——なにかしら？　言いたいことを我慢してるような……。

彼は言葉をのみ込むように、何度も喉を上下させていた。

「もう、鴉の郷には慣れたか」

「はい、とても素敵なところです」

「では、そろそろ女官たちに湯殿や着替えの手伝いをさせてはどうだ。仕事がないと困っているぞ」

どくん、と心臓が痛いくらいに跳ねた。まるで内側から胸を殴られたようだ。

「いえ、あの、それはまだ慣れないと言いますか……その……見られるのが恥ずかしいので……」

気づけば、先ほどまで視線を逸らしていた黒王がこちらを向いていた。吸い込まれそうなほどに深い紫が、射抜くような強さでまっすぐに見つめてくる。

「……っ」

もしかして、入れ替わりがバレたのか。それとも、この身体を誰かに見られたのか。

菊のかかとがトンとなにかにぶつかった。

「あっ!?」

振り返れば、いつの間にか背後にある障子まで後ずさっていたようだ。これでは、やましいことがあると白状しているも同然だった。

「どうした、そんなに慌てて」

近くで彼の声が聞こえ、驚きと共に顔を正面へと戻した次の瞬間、菊は息をのんだ。

黒王が目の前に立っていた。

思わず体勢を崩し、よろりと今度はかかとだけでなく背中まで障子にぶつかってしまう。ガタガタと障子がうるさく揺れた。

「俺に言えないことでもあるのか?」

「そ、そのようなことは……」

カタン、と顔の両側から乾いた音がした。菊の逃げ道を塞ぐように、黒王が障子の格子に手をかけていた。黒王が高い位置から菊を見下ろす姿は、黒い着物を着ていることもあり、まるで大きな鳥が小さな菊に覆い被さっているようだ。

影が落ちた顔の中で、紫の双眸が不穏にギラついている。

「なあ、レイカ。嘘はつかないと桜の木の下で約束してくれたよな」

「嘘など……ついていません」

そう言っている今も自分は嘘を重ねている。

──お願い。もうそれ以上踏み込んでこないで。

嘘をつく口は震え、逸らさないと決めた視線は伏せられ、膝が今にも抜けそうだった。

いつかはバレると覚悟していたが、せめてぎりぎりまでは彼の花御寮でいたいのだ。

「見られるのが恥ずかしいから、な」

「あの、こ、黒王様……」

「本当は、身体を見せられない理由でもあるんじゃないのか？」

「──っ!!」

心臓が胸を突き破ったのかと思うほど、身体の中心が激しく脈打った。嫌な汗が背中をじっとりと濡らす。

彼はなにをどこまで知っているのか。

「恥ずかしいならば慣れてしまえばいい。俺たちはもうすぐで夫婦になる関係だ。俺にならば見られてもかまわないだろう?」

言い終わらぬうちに、黒王の手が胸元の合わせからするりと入り込んできた。

「え、あっ⁉　お、お待ちください、黒王様！」

「待たない」

菊が必死に制止の声をあげるも、黒王は強引に手を進め続ける。彼の手は胸元の輪郭をなぞりながら肩へとのぼり、到着すると撫でるようにして着物を脱がせ始めた。

「嫌っ、黒王様！」

身をよじって黒王の手から逃れようとした菊だったが、障子に突っ張っていた彼の腕に引っかかり体勢を崩してしまう。

「きゃっ⁉」

「レイカ！」

ぐらりと大きく傾いた菊の身体をすんでのところで黒王が抱きとめるが、既に半分以上倒れていたこともあり、ふたりしてもつれるように畳へと転がった。

ドスンという大きな音のわりに菊の身体に痛みがなかったのは、黒王の腕が代わりに下敷きになってくれたからだろう。

脇から頭へ、背中から腰へと回された腕は、確かな力で守るように菊を抱きしめていた。

耳元で「痛っ」と黒王のうめき声が聞こえた次の瞬間、彼はガバッと身を起こし、不安そうな顔でこちらを見下ろしていた。

「大丈夫か、レイカ⁉」

彼の顔には焦燥が浮かんでいる。

『大丈夫です』と答えようとしたのだが、口を開けば言葉よりも先に嗚咽が漏れた。

彼は自分の嘘に気づいているのに、それでもこうして心配してくれる。

――私には、彼に心配してもらえる資格なんかないのに……っ。

すると、黒王の顔が苦しそうにしかめられた。

「頼む……泣かないでくれ」

言われて初めて、菊は自分が泣いているのだと気づいた。

目尻からぬるい雫がこめかみへと流れ落ち、畳に広がった髪を濡らしていく。いったん認識してしまうと、次々と涙があふれて止まらなくなってしまう。

「泣かせたいわけじゃないんだ。お前が大切だからすべてを知りたいんだ」

見ているほうが痛々しくなるほどの悲痛な顔で言葉を絞り出す黒王は、畳に広がった菊の波打つ長い髪を、壊れ物に触れるような手つきで丁寧に梳き続けた。

それはまるで『もう触れないから』と言っているようで、ますます菊の胸は締めつけられ嗚咽が止まらなくなる。

「……っ見な……で……」

ごめんなさい、嘘をついて。

ごめんなさい、なにも言えなくて。

ごめんなさい、あなたにそんな顔をさせて。

ごめんなさい。ごめんなさい。ごめんなさい。

偽物なのに、あなたのそばにずっといたいと願ってしまって、ごめんなさい。

「こく……お、様……っ、お願……ッ……し……」

顔を両手で覆い『見ないで』と懇願する菊を、しばらく黒王は唇を噛んで見つめていたが、視線を逸らすのと一緒に、はだけかけていた菊の胸元に自らの羽織をかけた。

え、と菊が思った瞬間、羽織で身体を包むようにして抱き起こされる。

突然の予期せぬことに菊の涙も止まったが、それも一瞬。

「好きだ」

肩口に顔をうずめ、羽織の上からきつく抱きしめながら呟いた黒王の言葉に、涙が再び流れだす。

『好き』という言葉が、これほどに感情を切なくするものだとは知らなかった。

そして、同時に胸を高鳴らせるものだということも。

「黒王……様」

「どうした」

互いに顔を見ずに声だけを交わす。

「もう少しだけ……っ、こうしていて、くださいますか……」

途端に、グッと彼の抱きしめる力が増した。隙間がないほどにくっつき、互いの体温だけでなく鼓動すらも伝わってくる。

「もちろんだ、レイカ」

彼の腕の中にいるのは自分なのに、彼が呼ぶ名前は自分ではなかった。

しかし、だからこそ彼の腕の中にいられるのだ。

レイカを羨ましく思ったことなど一度もなかったのに、彼に名前を呼んでもらえる今だけは羨ましくて仕方なかった。

――ずっとは願いませんから、だからどうかあと少しだけ、彼を私にください。

今、菊はやっと初めてこの感情の名を知った。

これは間違いなく〝恋〟だった。

障子を通した柔らかな薄光に包まれ、部屋の色が白から茜になるまで、ふたりが離れることはなかった。

4

「昨日は驚きましたよ。花御寮様ったら、黒王様に抱えられて戻ってこられるんですもの。しかも、すやすやと心地よさそうな寝息を立てられて」

「そ、それは本当、なんと言ってよいのやら……」

恥ずかしそうに菊が袖で顔を隠せば、若葉だけでなく女官たちからもクスクスと笑いが漏れる。

今朝、目が覚めたら自分の布団で寝ていた。どうやらあの後、自分は彼の腕の中で眠ってしまっていたらしい。しかも、東棟に帰ってきたのが日も暮れた頃と聞かされ、どれだけ長時間、彼を枕にしてしまったのかと申し訳なさでいっぱいだった。

それに加え、昨日の一件が気がかりでしょうがない。

彼は今日どのような顔をして来るのか。どのような顔をして会えばいいのか。もう一度聞かれたとき、はたして自分は嘘をついていないと言えるのだろうか。

言いようのない不安に、じわじわと胸を蝕(むしば)まれているようだった。

「そんなに落ち込まないでくださいな。わたくしたちは黒王様の腕の中で眠られている花御寮様を見て、嬉しかったんですから」

どうやら若葉は、菊の表情が暗くなったのを寝入ってしまったからと誤解したようだ。

「若葉さんたちが嬉しい、ですか？」

菊は首をコテンと横に倒す。

「ほら、人間はわたくし共を怖がるでしょう？　でも、花御寮様は眠られるほど心を開いてくださっているのだなと感動したのですよ」

頬を緩めて「くふふ」と変な笑いを漏らす若葉は、本当に嬉しそうだった。

「若葉さんたちは、今までの花御寮にいろいろとつらい思いをさせられてきたのに、どうしてそう私に最初から優しいんですか？」

「弱い者が強い者を怖がるのは自然の摂理ですから」

にっこりと微笑まれ、姿形は一緒でも彼女たちは常世に住む〝あやかし〟なのだと思い知らされ、少しだけ背中が冷たくなった。余裕が感じられる笑みは、絶対的な強者だという自負から来ているのだろう。

「それに最初に言いましたように、来てくださっただけでありがたいんですから。邪険にすることなどあり得ませんよ。まあ、それ以上に、わたくし共が純粋に花御寮様を好きだからですけどね」

ねー、と若葉と女官たちは、少女のように声と首の角度を合わせて楽しそうに笑っていた。

「ですから、明後日の婚儀が楽しみで楽しみで仕方ないんです！」

「若葉殿ったら、まあ張り切っちゃって」

「本当に。こんなに張り切る若葉殿は珍しいんですよ、花御寮様」

「明後日……」

外に目を向ければ、桜は満開に咲き誇っていた。

風に吹かれ、さやさやと揺れた花が、広庇に薄紅色の雨を降らせている。

そう、婚儀は明後日だ。

今はそのために、当日着る衣装の最終調整をしているところである。

村から嫁入りするときにも白無垢は着た。そのときは、こんな上等なものは後にも先にもこれきりだろうなと思ったものだが、目の前の衣紋掛けにかかっている白無垢や色打ち掛けはその比ではない。

ただの白かと思えば、同じ白糸で模様が入れられており、光の加減で裾には流水文様が、胸元には桜と扇文様が浮かび上がる。下に着る着物――掛下にも透かしが入り、帯は七宝文様。末広には金箔が巻かれ、頭を飾る簪の飾りにも見たことのない煌びやかな石がちりばめられている。

ため息が漏れるほどに美しいとは、このことだろう。

「でも、その前にまずは明日の潔斎ですけどね」

調整を終え、出した小物をてきぱきと片付けていく若葉たち。

「禊ぎ、でしたっけ。それはどこでするんですか？　郷の外でしょうか」

「いえいえ、ご安心ください。郷の中ですから」

「安心？」

菊は首をかしげた。

「最近までどこかのあやかしが、郷の外をウロチョロしていたようでして」

「そういえば、黒王様もそんなことを言っていたような」

「雑魚あやかしのようですから、そこまで心配する必要はありませんが。玄泰様が黒王様の命で対処されたようですし、もう大丈夫ですよ。婚儀にはなんの支障もありません」

ははは、と菊はなんとも言えず、曖昧な笑みで話をかわす。

「それに、万が一があっても黒王様は強いですから。なんとかしてくれます！」

若葉が力強く拳を握っていた。

「あやかしにも、強い弱いがあるんですか？」

あやかしはあやかしとしか捉えていなかったが、その中にもやはり序列があるのだろうか。

人間社会にも序列はあった。たとえば貴族には帝都貴族と地方貴族があり、平民にも商人や農民、職人など、さまざまな身分が存在した。当然、平民より貴族のほうが上であり、貴族の中では地方よりも帝都貴族のほうが序列は上だ。

その中で、界背村は『祓魔師』と呼ばれるのだが、少々特殊で平民のくくりには入らず序列から独立した地位にあった。村の中しか知らない菊がそれを体感することはなかったが。

「あやかしの序列は当然ありますよ」

腕組みした若葉が、深く頷きながら教えてくれた。

まず、水神や龍といった神と呼ばれる者たちがいて、その次に、鬼や天狗、大蛇など人間にも広く伝承されるような者たち、そして、烏や狐などの現世の自然界にも存在する者たちがいて、最後に魑魅魍魎といった群れにならない小さな者たちの順が基本なのだとか。

「だから我ら鴉は群れを作るのです。ひとりひとりの力は弱いですが、数は他のものとは圧倒的な差がありますからね。それと、実は黒王様はこの序列の限りではないんですよ。鬼か、下手したら龍にも並ぶほどの妖力をお持ちなんですから」

「え、でも黒王様も烏のあやかしですよね」

「ふふ、だから黒王様は我らの長であれるんですよ」

若葉は、目と口元に意味深な弧を描いていた。

◆

夜、菊は寝所を抜け出し、いつもの広間にひとり佇んでいた。

時刻はそろそろ日付が変わろうとする頃、辺りはひっそりと静まりかえっている。

菊が歩くたびにギィと板張りの床が鳴き、もの悲しさを醸し出していた。

ほぼ満月の月が、手燭もいらないくらいにすべてを明るく照らし出す。

とうとう今日、彼は来なかった。

どんな顔をして会えばいいのか分からなかったから少しだけホッとしたが、それよりも寂しさのほうが大きかった。

明後日はとうとう婚儀の日だ。

『婚儀』という言葉を聞くたびに、胸が苦しくなって息ができなくなる。

「最初から分かっていたことじゃない」

しかし、最初はこのようになるとは想像してもいなかったのだ。

黒王は恐ろしいあやかしで、人間を食べると思っていた。たとえ食べられなくとも、ひどい扱いを受けるのだろうと覚悟していた。

菊は見上げた月に向かって手を伸ばした。

「一度でいいから……菊って呼んでほしかったわ……」

彼の、低く穏やかな声で。

「……っ……ぅ」

菊は痛みに耐えるように身体をくの字に曲げ、自らの手で自身を抱きしめた。

なぜ涙が出るのか。

今までにも涙くらい、いくらでも流してきた。たくさん殴られた夜にも、空腹で寒くて凍えそうな朝にも、手を伸ばして誰にも見向きもされなかった日にも。

でも、これはそんな悲しいだけのものとは違う。

こうして涙が出る理由を、菊は昨日、彼に強く抱かれた腕の中で知った。

「好き……」

これは愛おしさだ。

彼に恋をして芽生えた、甘くて、もどかしくて、痛い感情。

「好きです……黒王様……っ」

狂おしいほどに、離れがたいほどに、彼を愛してしまった。

――だから、これ以上はだめ。

彼も好きだと言ってくれた。

しかし、その言葉には応えられない。たとえ自分も同じ気持ちだとしても。

菊は濡れた瞳を袖で拭い、まばゆいばかりに輝く月を見上げた。

「このままじゃいけないのよ、菊」

このまま、彼と婚儀を挙げるわけにはいかなかった。

「私が花御寮にふさわしくないって分かったときに婚儀を終えてしまっていたら、村がもうひとり別の娘を寄越すとは考えられないもの」

ただでさえ、どこの家も花御寮を出し渋っているというのに。契約どおりひとり出したのだからもうよいだろうと拒否するはずだ。

しかし婚儀前ならば、黒王たちも新たな花御寮をと押し通せるだろう。

「私の役目もこれでおしまい」

言った後で、くっと口角が下に引っ張られる。

「元々私は偽物なのよ。よかったじゃない、偽物のくせにこんなに贅沢な時間を与えてもらって。あのまま村にいるより幸せだったのよ」

自分に言い聞かせるように、菊はこれでいいのだと繰り返した。

「きっと黒王様なら、新しい花御寮にも優しくしてくださるわ。とっても素敵な方ですもの、新しい花御寮もすぐに彼を好きになるわ」

彼と婚儀を挙げ口づけを交わし、名前を呼ばれながら肌を重ね、彼との子供をその両手に抱くのだろう。

両手で顔を覆った指の隙間から、一度は止めたはずの雫がまたポタポタとしたたっていく。

「そんなの嫌……っ」

しかし、どうしようもない。

自分は忌み子だ。生まれたときから彼と結ばれる運命になかっただけだ。

しかし別れるのなら、せめて彼に好かれたまま別れたかった。

「こんな汚れた身体、彼には見られたくないもの」

なにも知られず、彼の記憶には綺麗なまま残りたかった。

「すべては、明日の潔斎まで」

潔斎は身を清めるため、すべてひとりで行わなければならないと聞いた。

ひとりになったら密かに郷を出よう。郷の外のあやかしも片付いたと言っていたし、きっと大丈夫。それに、花御寮自らが逃げたとなれば、あやかし側に責任はない。

菊は、広間の隅に置かれたいくつもの唐櫃に目を向けた。その中のひとつから硯箱を取り出し、筆をとったのだった。

「――っ！」

◇

眩しいほどの月明かりが、部屋の畳に障子の格子模様を落とす。

黒王は酒杯を傾けながら、斜めにゆがんだ格子を視界に映しているのだが、頭の中はまったく別のことを考えていた。

レイカは羽根のように軽かった。

彼女を手に抱いたのは、あれで二度目だ。

一度目は必死にしがみついてきて、それが猫のようで愛らしく、重さなど気にする余裕もなかった。

二度目は、自分の腕の中で眠っていた。少し赤く腫れた目元と、頬に残った涙の跡を愛おしく思ったものだ。東棟になど戻さず、このまま腕の中に閉じ込めて、彼女が目覚めるその瞬間まで寄り添っていたかった。

「腹の中に子がなあ……」

昨日の彼女の反応を考えると、恐らくほぼ間違いはない。

しかし幸いにも、灰墨以外レイカが身ごもっていることは誰にも知られていなかった。

彼女が身ごもっていると知ってから、しばらく東棟へは足が遠のいた。どう接したらいいのか分からず、頭もぐちゃぐちゃで、彼女を見たら思ってもないことを口走ってしまいそうだったから。

嘘をつかないと誓ってくれたのにと憎む気持ちと、それでも彼女にはそばにいてほしいと渇望する気持ちとが何度も衝突して、この先どうすればいいのか、ずっと答えが出せないままでいた。

しかし、突然『気になって』と言ってレイカが部屋にやってきた。

正直、嬉しかった。彼女が自分を気にかけて会いたいと思ってくれたことに、震えるほどの喜びを感じた。

そんな優しい彼女が身ごもっているはずがないと、確信が欲しくて様子を窺ってみたのだが、彼女の反応を目の当たりにして、頭から血の気が引いていった。

明らかに彼女は動揺し、なにかを隠していた。

驚くほど頭が冷えていた。いや頭だけでなく、まるで氷塊を飲まされたように身体の真中心が痛いほどに冷たくなった。

気がついたら、自分は彼女を襲おうとしていた。このまま婚儀を待たず、自分のものにしてしまおうかとも考えていた。

しかし、彼女が倒れそうになったのを見た瞬間、そんな考えはどこかへ飛んでいった。レイカだけでなく腹の子も守らねばと思い、抱きとめていた。

「悩むだけ無駄だったな」

やはり自分は、彼女が身ごもっていても手放せないらしい。

『見ないで』と、泣きじゃくりながら哀願する彼女すら愛おしく思った。

『もう少しだけ』と抱擁を求める彼女を、誰が拒めるだろうか。

そのまま腕の中で眠ってしまった彼女の額に、密かに口づけた。本当は唇にしたかったが、婚儀まではと我慢したものだ。

今日が婚儀の前に彼女に会える最後の日だった。

本当は会いたくてたまらなかった。

しかし、運悪く玄泰やその他の里長、灰墨にまで捕まり、明日に控えた潔斎や明後日の婚儀について、段取りの確認や郷の者たちへの振る舞いなどを話し合っていたら、あっという間に日が傾いていた。

明日のこともあるし、きっと緊張しているだろうから、さすがに夜に訪ねるのは憚(はばか)られた。次に会えるのは婚儀のときだ。

「ははっ、まったく……どれだけ彼女のことを考えているんだか」

思わず苦笑が漏れた。

会っていても離れていても、常に脳裏には彼女の姿があった。

「自分でもどうしようもないくらい、彼女に惚れているんだろうな」

たとえ嘘をついていようとも、その嘘ごと愛せるくらいに。

恐らくレイカの身ごもりがバレたら、里長たちは新しい花御寮をと騒ぐだろう。

「奪われてたまるか」

自分から彼女を引き離そうとする者は、誰であっても許さない。

彼女以外、花御寮はありえない。

黒王は酒杯を床に置くと、障子を開けに立った。

滑りのよい障子はすーっと静かに開き、夜の虫の音を邪魔することはない。廊下に出て見上げれば、ほとんどまん丸の月が夜闇に浮かんでいた。

次に会えるのは婚儀の日。

「俺が欲しいのは、花御寮じゃなくて彼女なんだ」

第四章　ふたりの初恋

1

郷の南側にある霊泉。黒王の屋敷を出て、郷に住む者たちの家々を通り抜け、高い針葉樹の木々に囲まれた山裾にそれはあった。

どこか古柴家の屋敷裏にあった雑木林を彷彿とさせる樹木の乱立具合だったが、薄気味悪さはない。

ここまでは若葉と女官たちに案内されてきたが、彼女たちが立ち入れるのはこの森の手前までだった。

森の中をまっすぐ進むと泉があり、そこで沐浴をして戻ってくるのだそうだ。

着替えの着物を手に持ち、ひたすら木々の合間をぬって歩く。

横から射し込む白い朝日が、大気に何本もの光の帯を描いている。

影を踏んで、陽だまりを踏む。そしてまた影を踏む。だんだら模様の世界を、菊はひとり進んだ。

そうして、木々の道が終わった先――開けた空間に出る。

真ん中には沐浴の泉であろう霊泉があり、水面にはぷくぷくと水泡が湧いていた。

水源地のようで、泉からは川が伸びている。辺りを取り巻く空気には清浄さがあり、ここだけ別世界のようだった。

霊泉を取り囲むように大小さまざまな岩があり、中には、大の男が五人で手を回してやっとというくらい大きなものもある。その中のひとつ、背が低く平らな岩の上に着替えを置き、菊は襦袢の懐から半分に折られた紙を取り出して、着替えの間に挟んだ。

「これで、若葉さんたちにも責任は及ばないはず」

菊は森の向こう側で待つ若葉たちのほうへ一度視線を向けた後、振り切るように踵を返した。

「このままもっと奥に進んだら郷を出られるはず……」

そうして、菊は来た道とは別の方へと歩きだした。

どれくらい歩いただろうか。

「はぁ、はぁ……っ、もう……郷は出てるわよね」

郷から離れるように山へ山へと進んだせいで、息は絶え絶えに、足は膝が震えるほどに疲労していた。

「きっと、他にも現世へと繋がる場所があるはずだわ」

結界で守られた郷の中にある鳥居だけのはずがない。でなければ、現世に魑魅魍魎など湧いてこないのだから。

「とにかく歩き続けなきゃ」

坂をのぼりきり、ようやく少しは平坦な場所へと出た。

振り返ると、小さくなった鴉の郷が木々の合間から見えている。そこでようやく菊は、ホッと胸を撫で下ろす。

「あとは探すだけね」

よし、と振り返った先――。

「え、外に出てきてんじゃん」

「やりぃ！　手間が省けたわ」

着物を着崩した、派手な身なりの若い男たちがいた。

「……え」

しかも、彼らの頭には角のようなものが二本ずつ生えていて、鴉の郷の者でないことは一目瞭然だ。

すぐに、黒王や若葉たちが言っていたことを思い出す。郷の周囲をうろついているあやかしがいるという話だったが。

――でも、郷の周りのあやかしはもういなくなったって……。

戸惑いに菊はよろよろと後ずさるが、伸びてきた男の手によって阻まれてしまった。

「きゃっ!?」

「はいはい、逃げない逃げない」

「この人間、すっげぇいい匂いするな！　早く持って帰ろうぜ！」

——どこに……？

ゾッとした、感じたことのない恐怖が足元から這い上がってくる。

「い、嫌っ！　離して——っ痛！」

逃げようともがいた瞬間、掴まれた手首が軋みをあげた。

「暴れんなよ、メンドクセー」

男の鋭利な爪が食い込むほどにギリギリと手首を締め上げられ、菊の顔が苦痛にゆがむ。あまりの痛みと恐怖で、「寝てろよ」という声を最後に菊の意識は閉じたのだった。

◇

潔斎を終え、北の霊泉から戻ってきた黒王が最初に聞いたのは、耳を疑うような言葉だった。

「レイカがいなくなった、だと……」

「申し訳ありませんっ！　霊泉の森には儀式の決まりで花御寮様しか入れず、わたくし共は森の入り口で戻ってくるのを待っていたのですが、いくら待っても戻られず」

里長との会合などが行われる母屋の一室で、今、若葉と女官たちが揃って頭を畳にこすりつけていた。

「ほら、黒王様！　やっぱり人間なんか信用するもんじゃないんですよ！」

「黙れ、灰墨！」

黒王は座るのも忘れ、呆然と立ったまま床に伏す若葉たちを見つめる。

脳裏には、最悪の結末が思い浮かんでいた。

レイカと同じ花御寮として連れてこられた人間で、かつて自分の母親だった者の末路。

嫌な汗が背中を流れていく。

「決まりを破ってしまうとも躊躇しましたが、なにかあったのではと、わたくしひとりだけ霊泉へ向かいました」

「それでレイカは……」

「周辺をしばらく探しましたがお姿は見えず、霊泉の岩の上に着替えの着物とこれだけが残されていまして……」

若葉が震える手で差し出したのは、半分にたたまれた一枚の手紙。

「中は見ておりません」

表には、たどたどしい文字で【こくおうさまへ】と記してあり、それを目にするなり黒王は若葉の手から奪い取るようにして手紙を開いた。

部屋には、紙がこすれる乾いた音のみが響く。

「黒王様、手紙にはなんと⁉　花御寮様は誰かに連れ去られてしまったのでしょうか！」

「……っいや」

クシャ、と手紙が黒王の手の中でよれる。

「彼女は自ら姿を消したようだ」

「なぜです⁉」

「俺が知りたいくらいだ‼」

「も、申し訳ありませんっ」

空気が震えるほどの黒王の怒号に、若葉たちはもうそれ以上は下がらない頭を、それでもさらに下げた。

障子がカタカタと微動する音が、部屋に気まずい余韻を残す。

黒王は額を抑え、自らを落ち着けるように深いため息をついた。

「いや……悪かった。若葉たちのせいじゃない」

潔斎を終えたばかりだというのに、黒王の頭の中はとても清浄とは言いがたいほどにさまざまな思念が渦巻いていた。

なぜ婚儀を前にしていなくなったのか。

本当に自分の意思なのか。

やはり、あやかしの妻になるのが嫌だったのか。

あの笑顔も、結んだ手のぬくもりも、一緒にいたいと言ってくれた言葉も、なにもかもが嘘だったというのか。

「黒王……様……」

心配そうにかけられた若葉の声で、どうにか黒王は〝黒王〟の役目を思い出す。

「もしかしたら、界背村へ戻ろうとして鳥居に近付くかもしれない。若葉たちは鳥居の周囲を探してみてくれ」

黒王の指示に若葉たちは短い返事を返すと、すぐさま、それこそ飛ぶような速さで姿を消した。

部屋に残ったのは黒王と灰墨のみ。

『黙れ』と言われ口を閉ざしていた灰墨が、黙っていられなかったのかぼそりと悪態をつく。

「どうせ、腹の子の父親の元へ戻ろうとしたんでしょ。いよいよになって、騙しきれないからって――」

「灰墨は空から郷の中を見て回れ。ただし、玄泰たちには知らせるなよ。ここぞとばかりに面倒なことになる」

「黒王様!? どうしてそこまでしてあんな女を！」

「いいから行け!! これ以上俺に……っ、現実を突きつけるな」

灰墨はまだなにかを言おうとしていたが、黒王が背を向ければ、渋々とだが部屋を出ていった。バサバサッと翼を羽ばたかせる音が次第に遠ざかっていく。

「……っ今、お前はどこにいるんだ」

黒王は手紙を胸に押し当てるようにして、その場で膝を折った。


それから間もなくして灰墨が戻ってきた。

人化した姿で現れた灰墨は息を荒くし、額には汗が滲んでいる。なんだかんだ言いながら、命令には忠実に従ってくれたようだ。

「郷の中に花御寮様の形跡はありませんでした」

「そんな……」

ただでさえ重かった身体が、さらに重くなる。

しかし、灰墨の報告はそれだけではなかったらしい。

「……でしたが」

言葉を繋ぎながら灰墨が懐から取り出したものを見て、黒王は飛びついた。

真っ白な台に淡い桜色の鼻緒が愛らしい草履が片方、灰墨の手にのっていた。

「灰墨、これをどこで……！」

黒王の草履を握る手は震え、目は瞳がこぼれ落ちそうなほどに見開いている。その瞳には微かな希望が湧きつつあった。

しかし、それも一瞬。

「郷の外です」

「は」

「南の霊泉の裏にある山をのぼった先で見つけました」

黒王の瞳に宿りかけていた光は霧散した。

『郷の外をあやかしがうろついている』――どうしてか、そんなことが唐突に思い出された。それについては玄泰が既に対処したはずなのに。

「レイカ――ッ！」

「ちょ!? あっ、黒王様！」

黒王は灰墨の制止を振り切り背に黒い翼を生やすと、あっという間に空へと羽ばたいた。

2

あやかしすべてが、鴉一族のように人間を受け入れているわけではない。それこそ界背村の者たちが言っていたように、人間を食べるあやかしというのも存在する。

目を覚ました菊は、自分が拘束されているのだと気づいた。視界に映る自分の両手には、しっかりと茶色の縄が巻きついている。幸いにも足は拘束されておらず、手も身体の前面で結ばれていたため、菊は苦労しつつも、なんとか身を起こすことに成功した。

「ここは……」

辺りを窺った限りでは、恐らく浅い洞穴の中だろう。

左右と背後はゴツゴツとした岩壁に囲まれ、正面だけぽっかりと大きな口が開いている。

口から見える景色は、菊が山登り中によく見た景色と同じで、この洞穴が山中のどこかにある場所だと推測できた。

「逃げなきゃ」

菊は、意識が途切れる直前の記憶を思い出す。そこに映っていた男たちは間違いなく鬼のあやかしで、とても友好的な目的で攫われたとは思えない。

ぶるっと身体が震えた。しんとした冷たさが足先から浸食してきていた。

足元を見てみれば、片方の足は草履を履いていなかった。連れてこられるときに落としたのだろう。

菊は息を殺して、洞穴の入り口の方へと神経を集中させる。しかし、誰かがいるような気配はなく、風に葉が揺れる音しか聞こえてこない。

「今のうちに……！」

意を決して、菊が洞穴から頭を出したときだった。

「ほら、言ったとおりだろ。目を覚ましたら絶対逃げ出すって。賭けはオレの勝ちね」

「うっはー！　人間がここまで馬鹿だなんて思わなかったんだよ、チクショウ！」

頭上から声が降ってきて、次には目の前に男たちまでもが降ってきた。

ふたりとも頭に角はあるが、最初に会った自分を捕まえた男とはまた別の者だった。

いったい何人いるのか、また身体が恐怖に震える。

しかし突然、震えを打ち消すほどの痛みが菊の頭皮に走った。

「きゃっ!?　痛ッ！」

男のひとりが菊の長い髪を無造作に鷲掴んでいた。

手加減という言葉を知らないのか、男は髪を掴んだまま、洞穴から菊を引きずり出そうとする。

「ほら、ちょうどいいから遊ぼうぜ」

「嫌！　やめて!!」

菊の拒絶の言葉など聞こえないようで、髪を引っ張る男は鼻歌交じりだ。

両手を縛られた不安定な体勢で強引に引っ張られたことにより、菊は前のめりに倒れてしまった。幸か不幸か、髪を男が掴んでいたおかげで顔を打つことはなかったが、ぐいっと無理やりに頭を持ち上げられ首が痛む。

すると、男はクンと鼻を動かし片眉をゆがめると、菊の首元へと顔を近づけた。鼻先が首筋に触れ、ぞわりと不快感が全身を駆け巡る。

「ひっ……」

同じあやかしでも、黒王に近寄られたときはこんな不快感など覚えなかったのに。

今は、髪の毛すら逆立ちそうなほど全身が粟立（あわだ）っていた。

できるだけ男から離れたくて首を反らせるものの、髪の毛をがっしりと握られ叶わない。

「なあ、思ったんだけどさ……この人間の女、すっごいうまそうな匂いしねぇ？」

――おいしそう？

それはやはり、食糧として見られているということだろうか。

「あ、やっぱり？　俺も思ったわ」

「あー、お前らなに勝手に手ぇ出してんの」

「抜け駆けはずるいぞ」

そこへ、菊を攫った者たちも戻ってきた。顔を巡らせることはできないが、周囲に人が集まってくる気配があった。

――ああ……私はここで死ぬのね。

虚ろな菊の瞳から、雪解けのような冷たい雫が頬を伝う。

せめて最後に見るのは彼がいいと、菊は閉じた瞼の裏に彼を思い描いた。

背中で藤の花が咲いたような髪を揺らしながらやってくる彼は、いつも優しい声音で語りかけ、大きな手で握り、紫の瞳で心に安心を宿してくれた。

どうせ食べられるのなら彼がよかったな、と思った次の瞬間。

「ぎゃあああぁッ！」

突如目の前から聞こえた耳障りなダミ声に、菊は閉じた瞼をすぐに開き、目の前の光景に瞠目した。

菊の髪を掴んでいた男の、反対の腕が燃えているではないか。

「あぁっ！　なんで突然!?」

男は火を消そうと懸命に腕を振り回し、困惑に声をあげながら地面を転がり回る。

その様子を、他の男たちも状況を掴めずに戸惑った様子で眺めているばかり。

一瞬にして場は騒然となり、皆の意識が菊から逸れる中、菊は先ほど記憶の中で聞いた声と同じ声を耳元で聞いた。

「もう大丈夫だ」

え、と驚く間もなく菊の身体はふわりと宙に浮き、どんどんと地面から遠ざかっていく。しかし、怖いという気持ちは微塵も湧かない。それは、自分の身体を支えてくれる手の頼もしさに覚えがあったから。

いつかの日のごとく、膝裏と背中に添えられた手は力強く、菊は彼を見上げた。

「こ……黒王様！」

「よかった」

抱いた菊の肩口に顔をうずめ、黒王は衣擦れの音がするくらいきつく菊を抱きしめた。

声には安堵が滲み、彼の首筋はうっすらと汗ばんでいる。

「やっと見つけたよ、俺の花御寮」

肩口から上げられた彼の顔は、柔和な笑みがのっていた。

「黒王様……っどうして」

菊は、黒王の首に手を回し、彼がしたように肩口に顔を押しつけうずめた。

勝手に逃げ出したのに、どうして怒りもせずそんな優しい顔を向けてくれるのか。一度は断ち切ったのに、そんな顔して来られては未練が生まれてしまうではないか。

言いたいことが分かったのだろう。黒王は「今はなにも言わなくていいから」と囁いて、菊を地面に下ろした。

そこは先ほどまで菊が入っていた洞穴の上で、地面からの高さは男の背丈の三倍はある。

どうやってここまでのぼってこれたのか。

それは、彼の背後に見えている、折りたたまれた真っ黒な翼がすべてを物語っていた。

しっとりとした黒色は木漏れ日を受け、紫にも銀色にも輝き、濡れ羽色という言葉の意味を知る。

「もうっ！　置いていかないでくださいよ、黒王様」

そこへ、一羽の鳥が飛んできたと思ったら、黒王の隣に着地すると同時に青年の姿となった。灰がかった黒髪の、ちょっと生意気そうな顔をした青年――灰墨だ。

話には聞いていたが、初めて人化というものを間近で見て、菊は目を瞬かせた。

「ちょうどいい。灰墨はレイカを守っていてくれ」

「は、はぁ⁉　この女をですか⁉　こんな裏切り者の女をですかぁ⁉」

裏切り者という言葉が胸に刺さる。しかし、事実ゆえになにも言い返せない。

「黙れ、灰墨。命令だ頼んだぞ」

有無を言わせぬ黒王の言葉に、灰墨はぐぬぬぬと奥歯を噛んでいたが、結局は大人しく命令を聞いて菊の隣へと下がった。それでも間にひとり分の空間があるのは、彼なりの抵抗だろう。

「随分と命知らずのあやかしもいたものだ。以前から郷の回りをうろついていたのは、お前たちだな？」

黒王は岩山の縁に立ち、眼下を見下ろした。

そこには困惑した表情で見上げてくる鬼たちが大勢居並んでおり、ようやく腕の火を消した男がよろりと立ち上がる。

「うるせーよ！　たかが鴉が偉そうに言ってんじゃねえって！」

「目的はなんだ。誰の指図で郷の周りをうろついていた」

「言うわけねーだろ、馬鹿か!?」

ふたりの声は実に対照的だ。

「はぁ……力の差も分からないとは、随分と低級のあやかしのようだ。仕方ない。では力づくで聞き出すとしようか」

「誰が低級だあ！　たかが鴉の分際で鬼に楯突こうなんて、そっちこそ女の前で恥さらす前に謝れば半殺しで許してやるよ！」

「気遣ってもらって悪いな。だが、男とは好きな女の前では格好をつけるものだろう？」

言い終わると同時に、黒王は岩下の男たちが群れる中へと飛び込んでいった。

「あっ、黒王様!?」

心配に菊が声をあげるが、横の灰墨はどこか余裕な口調で「大丈夫だって」と菊を止めたのだった。

なにが大丈夫なのか、すぐに菊は理解した。

怖々と岩の縁から下を覗き込むと、そこには地面を埋め尽くすように、たくさんの鬼の男たちが横たわっていた。あちらこちらから苦しそうなうめき声があがっている。

その真ん中で、黒王だけが悠然と立っていたのだ。

「うそ……これだけの人数を、ひとりであっという間に……」

呆気にとられていると、隣にやってきた灰墨がふんっと鼻を鳴らす。

「当然でしょ。元々烏ってのは、神の眷属である神使なんだ。僕たちをそこら辺の動物のあやかしと一緒にされちゃ困るってもんさ」

「でも、どうやって……」

地面でうごめいている男たちは皆、火傷を負っていた。しかし不思議なことに、髪や着物はいっさい燃えていない。

「火だよ」

「火？　鳥と火ってあまり結びつきませんが」

これだから人間は、と灰墨は肩をすくめてヤレヤレと首を横に振った。

「いい？　烏ってのはさっき言ったように神の眷属なのっ。僕たちは日輪を背負う存在で、『金烏（きんう）』なんて呼ばれたりもして、天照（あまてらす）様の力である火とは切っても切れない関係なんだよ」

出てきた偉大な神の名に、思わず菊は「すごい」と漏らすように呟いた。

菊の感嘆に気をよくしたのか、灰墨の胸の張りがよくなったように見える。

「まあ、その中でも黒王様は別格だけどね」

まるで自分のことのように誇らしげに話す灰墨を横目に、菊は再び黒王へと目を向けた。

「あっ！」

そこで、菊は気づいた。黒王の後ろから、密かに忍び寄る男の存在に。

「危ないです、黒王様！」

「え、ちょ⁉　あんた！」

叫ぶよりも先に身体が動いていた。

菊は岩山の上から、黒王に近付く男めがけて飛び降りた。

黒王が振り返り、目に映った光景に驚愕(きょうがく)の表情を浮かべる。菊はギュッと目を閉じ、男にぶつかる衝撃に備えた。

「レイカッ！」

しかし、衝撃より先に黒王の切羽詰まった声と、「がぁっ！」という悲鳴じみた叫び声が聞こえただけで、覚悟していた痛みはいつまでも襲ってこない。

「え……」

その代わり菊の身体を襲ったのは、真綿でくるまれたような温かな抱擁だった。

目を開ければ、肩で息をして眉根をひそめた黒王の顔が菊を覗き込んでいた。どうやら黒王が抱きとめてくれたらしい。

「まったく……無茶をしてくれる。俺の花御寮殿は」

「ひゃっ⁉」

地面に下ろされると、そのまま黒王の腕の中に閉じ込められてしまった。

チラと黒王の腕の向こう側を窺えば、彼に襲いかかろうとしていた男がのびている。

「すみません、かえってご迷惑を……」

「そんなことより、お前が無事でよかった」

柔らかに髪を梳く手に、また菊の胸は甘やかに締めつけられる。

しかし、そんな雰囲気も一瞬。さて、と辺りを見回す黒王に甘い雰囲気は微塵もない。

「鴉一族の縄張りを荒らそうとしただけでなく、俺の花御寮にまで手を出すとはな。どうしてくれようか」

「ひ、ひぃっ⁉」

黒王の眼光の鋭さに、足腰立たない男たちは地面を這うようにして後ずさっていく。

「はいはーい、ちょっと待ってねぇ」

そこへ、場にそぐわぬ軽い声が飛んできた。

黒王の影から窺えば、やはり頭に角を二本生やした、派手な柄の着流しを着た鬼の男だった。

黒王と同じくらいの年だろうか。彼より涼しげだが実に端正な顔立ちをしている。

「やあやあやあ、こりゃ随分と派手にやってくれたなあ。あんたひとりで？」

鬼の男は雪のように白い短髪をかき上げながら、黒王に挑発的な笑みを向けた。目元に入れられた朱色の線が、細めた目と一緒にゆがむ。

「だとしたらどうする」

「鴉の王って本当に強かったんだ？　適当にふいてるだけかと思ったけど……へえ？」

「お前も試してみるか？」

「ははっ、遠慮しとくよ。ていうか、この場はどうか穏便に収めてくれって言いに来たんだし。ああ、自己紹介がまだだったな。俺はハクってんだ」

へらっと笑っているが、彼の軽口や肩をすくめた軽妙な態度からは想像できないほどの圧が、ひしひしと伝わってくる。倒れている男たちとは格が違うというのは、あやかしに詳しくない菊でも分かった。

ハクは鷹揚とした足取りで黒王へと近付くと、スンスンと鼻を鳴らしニヤリと笑う。

「あー、あんたかなり強いな。下手したらうちの大将くらいはありそうな匂いしてる」

「匂い？」

黒王が眉をひそめる。

「鬼族は嗅覚がいいもんでね、鴉と違って。てか、まだ他にもいい匂いが……」

ふと、ハクの視線が黒王から、背後に隠れる菊へと向けられた。

「て、ああ！　あんたからか！　この甘ったるい、うまそうな匂いは」

「……それ、他の方にも言われましたけど、どういう意味でしょうか」

確かに普段の着物には香が焚きしめてあるようだが、今は潔斎用の着物で香りなどなにもないはずだ。

「自覚なしってわけ。でも、分かるあやかしは分かるよ。最高級の食事が落ちてるようなもんだし」

嬉しそうな声をあげたハクは、さらに菊へと顔を近づけようとする。が、それは黒王の手によって防がれる。

「それ以上、俺の花御寮に近付くな」

「へえ、花御寮ね。なるほど。あんたの力が強いのもこういった人間を奪ってきたおかげか」

間髪容れず、菊が反論する。

「う、奪われてないです！　私は自らの意思で、この方の花御寮なんですから」

これには、ハクはもちろんのこと、黒王までもが目を瞬かせ驚いていた。

菊は背後から黒王の着物の袖をぎゅうと握り、精一杯ハクを睨みつける。効いているのかまるで分からないが、とりあえず彼が離れるまで睨み続けた。

ハクはスッと目を細くし、もう菊に興味を失ったかのように遠ざかっていく。

「まあ、いいさ。今日は争いに来たんじゃないし。下っ端がやんちゃしたってことで許してな」

「人の郷をさんざん刺激しておいて、このまま見逃せと？」

「やっだもうー、そんなツンケンするなよ。特別にいい情報を教えてやるから、それでおあいこな」

「勝手に決めるな」

黒王が苦々しい顔で言うも、ハクはもう彼に背を向けていた。自由というかなんというか、身勝手な男という印象だ。

「鴉の中に狸が交じってるよ……古狸が」

黒王の瞼がわずかに見開いた。

「まさか……」

菊には意味が分からなかったが、黒王にはなにか思い当たる節があったらしい。菊を庇っていた手が拳を握っていた。

「ほらっ、お前ら起きろ起きろ！　ざまないねぇ、さっさと起きないと置いてくからな！」

手をパンパンと叩いて、ハクは地面に伏せっていた男たちを起こしていく。近くにいた何人かは結構な強さで蹴られていた。

身を起こした男たちは肩を貸し合いながら、ぞろぞろと山の奥へと消えていく。

「じゃあ、そゆことで。今回の件はお互いなかったってことね」

ハクは顔の前で手を立て、茶目っ気たっぷりな流し目を残して、男たちと共にあっという間に姿を消した。

「なんですか、あれ。嵐に巻き込まれたみたいな」

烏姿の灰墨が、黒王の肩に着地した。烏の姿なのに、ため息をついているのだろうなと伝わってきて、菊は小さく笑ってしまう。

するとと、菊の目の前に大きな手が差し出された。顔を上げれば、黒王が春の陽射しを思わせる温かな笑みで、こちらを見ているではないか。

「共に帰ってくれるか?」

ぐっと喉が詰まる。

勝手に逃げたのに、まだ『帰る』と言ってくれるのか。しかし、帰ってしまえばきっと彼に迷惑がかかる。それが嫌だからこうして離れたのに。

「わ、私は、黒王様の花御寮にはふさわしくないんです」

菊は首を横に振った。彼の柔らかな声も、慈しむような眼差しも、差し出された手も、自分は受け取るにふさわしくないのだ。

しかし、彼の手はまだ菊に差し出されたまま。

「なあ、レイカ。俺は花御寮にふさわしいとかふさわしくないとか、そんなものないと思っている。だが、もし決める者がいたとしたら、それは花御寮の夫になる俺じゃないか？」

「それは……」

「俺はお前がいい。ふさわしい花御寮を選べと言われるなら、俺はお前以外など選びたくない」

「どうして、こんな私をそこまで……っ」

たくさん傷つけたのに。

「そんなの決まってるだろう？」

黒王は両手で菊の頬を包み込んだ。

「お前が好きだからだ」

頬を赤くして苦笑を浮かべた黒王を見て、菊はもう無理だと悟った。彼から離れられるわけがなかった。彼のこんな表情を、誰かに譲れるはずなどないのだ。

菊は頬を包む黒王の両手に自分の両手を重ね微笑む。

「おそばにいさせてください、黒王様」

これが菊の答えだった。

3

黒王の屋敷に帰ってきた途端、若葉に抱きしめられた。

「心配したんですからっ！」と言って、ぐすっと鼻をすった彼女の、抱きしめてくれた腕の強さは一生忘れないと思う。

どうやら、黒王や若葉たちが内々で動いていたことと潔斎の日だったということで、花御寮や黒王の姿が見えずとも特に騒ぎにはならなかったようだ。

ただ、潔斎の日は一日会ってはいけない、という決まりを破ることになってしまった。

「改めて申し訳ありませんでした、黒王様」

灰墨と若葉によって母屋は人払いが済まされ、今、菊は閉めきられた部屋の中で黒王と向かい合って座っていた。

畳に額をくっつけた菊の身体を、黒王が助け起こす。

「謝らなくていい。ただ……」

黒王は懐から、丁寧に折りたたまれた手紙を取り出し、菊の前に置いた。

「どうしてこのような手紙だけを残して、姿を消したのかは教えてくれるな？」

手紙には、よろよろとした下手な字で短い文が綴られている。

「自分は黒王の隣にいる資格のない人間だから、このまま姿を消す。どうか新しい花御寮を迎えてほしい、と。こんな言葉で俺が納得するとでも思ったのか。俺の気持ちがその程度だとでも？」

黒王の言葉は責めるものではなかった。慈愛すら感じられる響きがある。それでも、やはり彼の気持ちを裏切ってしまった罪悪感で、菊の顔は自然と俯いてしまう。

「しかもこんなひと言を最後に残していくだなんて……」

手紙の一番最後。紙の下端ぎりぎりのところに、他の文字よりひと回り小さく書かれた文字。

【すきです】

それは、こんな言葉を残していってはだめだという気持ちと、この気持ちを伝えたいという菊の心がせめぎ合った末の文字だった。

「この文字を見つけたときの俺の気持ちを教えてやろうか？　叫びたいほどに嬉しくて、だが、息ができないくらいに苦しかったよ」

その気持ちなら、菊もよく知っていた。

彼に好きだと言われたとき、心臓がうるさいくらいに跳ねて、このまま止まってしまってもいいくらいに嬉しかったものだ。

「黒王様……」

顔を上げた先には、「ん？」と目を細めた黒王がいた。

顔を見た瞬間、はらりと桜の花弁が散るように、菊の瞳から大粒の涙がこぼれ落ちた。一度落ちてしまえば、後は次から次に、先を急ぐように雫がとめどなくあふれて止まらない。

「なぜ泣く。俺は、お前にはずっと笑っていてほしいんだ」

「嬉しくて……苦しくて……っ、胸が痛いんです……っ」

自分は偽物なのに。

嘘つきなのに。

願ってしまった。この人とどこまでも添い遂げたいと。

だから、すべてを白状しなければならない。

「ずっと……ずっと、私は嘘をついていました」

「嘘？」

指で流れ落ちる涙を拭われる。

「元より私は、花御寮になることが許されない、資格のない人間なのです」

ピタリと涙を拭い続けていた指が止まり、「それは」と一度黒王が言いにくそうに言葉を切る。

「……それは、他の男との子を身ごもっているからか？」

「ど、どうしてそのようなことを……」

いったい、どこからそのような考えが出てきたのか。

あまりにも驚きすぎて、目どころか口まであんぐりと開けてしまった。そして驚いていたのは菊だけでなく黒王も同じで、予想外の菊の反応に目を大きく見開いて眉をひそめている。

なぜそう思うに至ったか、「実は」と黒王は話してくれた。

黒王は菊の言葉や、事前に調べて聞いていた〝古柴レイカ〟の人柄とあまりにかけ離れていることに不信感を抱き、再び〝古柴レイカ〟について灰墨に界背村で噂を集めさせたそうだ。そこで、古柴レイカは妊娠していて村で騒ぎになっている、という報告を受けたと言う。

ただでさえ丸く開いていた菊の目は、黒王の話を聞いて、いよいよまなじりが裂けそうなほどにまで見開かれていた。

そんな馬鹿な、と思うと同時に、菊はレイカの身代わりにされた理由を悟った。

──ああ、そういうことだったのね。

なぜあれだけ村の掟だからと、レイカや叔母が喚いても花御寮を変えることは無理だと言っていた叔父まで突然掌を返したのか、ずっと不思議だった。

レイカが身ごもったのを、叔父も叔母も知っていたのだ。

恐らく相手は、レイカとよく一緒にいた一平だろう。

なるほど。妊娠したレイカを花御寮にはできない。しかし、誰かに変わってもらうなど娘の掟破りを暴露するようなもので、それもできなかったに違いない。そこへ、レイカと背格好がよく似た、村でも存在を忘れられた自分がいたということか。

誰も自分が消えたとしても、気づきもしないだろう。

「俺だとて信じたくはなかった。だが、レイカは女官たちに身体を見られるのを拒んでいただろう」

「もしかして、その噂を知られたのは……潔斎の数日前ですか」

黒王が瞼で返事をしたことで、菊は彼が突然訪ねてこなくなった理由に納得した。

そして彼の私室を訪ねたときの、彼の強引な行動にも。

それでも結局、彼は迎えに来てくれた。帰ろうと言ってくれたのだ。

菊は突然立ち上がると、自分の帯に手をかけ始めた。

「レイカ!?　いきなりどうしたんだ」

「私は黒王様に嘘をついていました」

シュルシュルと床にわだかまっていく帯を、黒王は目を白黒させて凝視する。

「なに、を……」

いったいなにをしているのか想像もつかないといった様子で、彼は菊と足元との間で視線を往復させる。

「私が誰にも身体を見せなかったのは……」

纏っていた最後の一枚が床に落ちると、黒王は息をのんだ。

「この身体を、見られたくなかったからなんです」

「その身体は……」

菊の身体には、古いものから最近できたであろうものまで至るところに痣(あざ)や傷があった。決して転んだり自ら怪我をしただけではできない場所にまで、傷痕が残っている。

それは、故意に傷つけられたものということ。

「こんな汚い身体、黒王様にも誰にも見せたくなかったんです。汚い娘だと、黒王様にふさわしくないと、また蔑まれるのが怖かったんです」

黒王は自らの羽織を脱ぐと、菊の身体を覆いその上から抱きしめた。

「すまない、つらい思いをさせた」

羽織の中でどんどんと小さくなり身体を震わせる菊に、黒王は羽織の上から頬ずりをして全身で慰める。

「レイカが身体を見せたがらなかった理由は分かった。だが……」

黒王は菊の身体を見て、傷の多さだけでなくもうひとつ驚いたことがあった。

「その腹はまるで……」

菊の腹は、まるで妊娠していない女のものだった。膨らみは微かもなく、手や指の細さから想像したとおりの華奢さである。

村を出るときに既に妊娠が分かっていたのなら、多少なりともそれと分かる膨らみがあるはずだ。

菊は抱きしめられた腕の中から、黒王を見上げた。

「私は、古柴レイカではないんです」

やはりか、と黒王には口の中で呟く。

「本来の古柴レイカは私の従姉です」

菊は、実の母親に村に置いていかれたことから、育ての家での生活のすべてを、今度は嘘偽りなく話した。

それを聞いて、彼女は猫を被っていたわけではなくまったくの別人だったというオチに、黒王は今まで溜めていたものをすべて吐き出すように長嘆した。

「では、当然身ごもってもないんだな？」

「もちろんです」

「はぁ」と、黒王は菊にしなだれるようにして頭を肩にのせる。

菊の耳元で「よかった」と囁かれる声の細さは、彼の心の底からの安堵を表わしていた。

しかし、菊が告げなければならないのはこれだけではない。まだひとつ残っている。

身代わりよりもずっと重い罪。この身体にたくさんつけられた傷も、元はそれが原因なのだ。

「黒王様、私は花御寮になる資格を持たないのです」

「資格？　さっきからずっと言っているが、それはどういう意味なんだ？」

「私は、母が村外の男との間に作った子です。村の者の血を半分しか引いておらず、花御寮の候補にすらなれない忌み子なんです」

「なるほどな」

黒王はすべて理解した。

あやかしに怖がっているというより怯えている様子だったのは、身代わりがバレたらと不安だったのだろう。今まで彼女に感じていた違和感が、やっと腑に落ちた。

「俺の手はもう怖くないか？」

「と、当然です！」

怖くなどない。それどころか彼に触れられると心地よいくらいだ。

なぜそのようなことを聞くのか、という顔を向ければ、黒王は片眉を下げて逡巡する。

「初めの頃、お前の髪についた花びらを取ろうとしたら怖がられたから……あれは意外とこたえてな」

菊の顔から、サーッと血の気が引いていく。

「も、申し訳ありませんっ！　それは黒王様を怖がったわけではなく……っ」

菊は言うかどうか迷ったが、やはりすべてを話そうと決めた。

村にいたとき、従姉の恋人に襲われかけ、それで黒王の大きな手を見て当時の記憶が蘇ってしまったこと。自分に手が伸ばされるのは、いつも折檻を受けるときだけだったこと。

黒王はなにも言わずに聞いていたが、話し終えるとそのまま抱きしめてくれた。肩口に頭をのせられて彼の表情は窺えない。ただ、彼が長く息を吐いた音だけは聞こえた。

「やはりこんな汚い身体の女など、私が黒王様の隣にいたら、め、迷惑をかけてしまいますよね」

「だから、俺の前から姿を消そうとしたのか」

再びふーと細く長い息を吐くと、黒王はようやく菊の肩から顔を上げ、菊の頬を両手で覆った。

「私はどのような扱いになるのでしょうか」

「どうしようか」

――やっぱり、このままじゃいられな――。

「どうしよう……すごく嬉しいんだが」

「は、え？」

予想していた言葉とあまりに違う言葉が聞こえた気がするのだが。

黒髪の隙間から覗いている耳まで赤くなっているように見えるのは、気のせいだろうか。

「お前の行動がすべて、俺を想ってのことだったと思うとたまらない。あー、すまん。きっと今、気持ち悪い顔をしているからあまり見ないでくれ」

手を菊の顔の前に出して懸命に視界を遮ろうとする黒王は、あまりにも可愛らしくて、菊もたまらずに笑みを漏らした。

「やはり、笑っているお前は可愛いな」

笑いすぎて涙が目尻を伝って流れ落ちる。

忌み子の自分が、こんなに喜びを感じてもいいのだろうか。

「なあ、古柴レイカではないのなら本当の名前があるんだろう？　教えてくれないか」

彼の親指が涙を拭いとっていく。

「菊と申します」

「よく似合った、お前に似て美しい名前だ、菊」

ああ、どうしよう……涙が止まらない。

「ずっと……ずっと、そう呼んでほしかったんです。あなた様に」

菊と黒王がいた部屋から廊下を渡った対面の部屋。

いつまで待たされるのだろうか、どうなるのだろうか、と焦れた思いをしながら正座して待っていた灰墨の元へ、ようやく黒王が現れる。

「黒王様！　花御寮様はやはり身ごもって——!?」

黒王が後ろ手にふすまを閉めるなり、バッタが飛ぶように灰墨は黒王に飛びかかった。

「いや、身ごもってなどなかったよ」

「ええっ!?　そんな！　嘘でしょ!?」

「彼女の身体を見せることはできんが……むしろ見たら両目をつぶす……とても綺麗

な身体だった。先ほど、お前の母――乳母にも診てもらったが、やはり身ごもってはいないようだ」

「怖っ……じゃ、じゃあ僕が村で聞いた話は？」

「そうだな。それについても、直接きっちりと説明してもらわねばな」

彼女から聞いた話は驚くことばかりだった。正直、冷静を装うのが大変だった。途中、耐えられそうになくて、彼女の肩に頭をのせて表情を隠したりもした。

彼女は気づいていただろうか。抱きしめた手が血が出そうなほどに拳を握っていたことを。

「俺が羽目を外しすぎないように一応お前もついてこい、灰墨」

「羽目じゃなくて、たがでしょ」

「誰のものを傷つけたか、しっかりと分からせてやろうではないか」

黒王のニヤリとしたほの暗い笑みに、灰墨は界背村に「あーあ」と憐憫の情をもよおした。

4

それは、花御寮がレイカに決まったと分かった日の古柴家での出来事。

叔母の仕打ちで菊が気を失った後、レイカは『いーこと思いついちゃったんだぁ』と言って笑った。

泣いていた娘が突然、化粧がドロドロに崩れた顔で笑い始めたのだ。レイカの両親は娘が醸し出す得も言われぬ凄まじさに息をのみ、彼女の言う『いーこと』に耳を傾ける。

『菊にあたしのふりをさせて、花御寮にすればいいじゃない』

年はひとつしか離れておらず、従姉妹ということもあり、背格好も顔立ちも似ていたレイカと菊。声と髪はまったく違うが、声はしゃべらなければいいし、髪も白無垢に身を包んでしまえばいい。日頃から菊の姿を見ていない村人たちなら、だまし通せるだろうという話だった。

『ねっ、いい考えでしょ！　あたしは菊のふりして地下で身を隠してればいいんだし』

『そんなの、使用人にはバレるに決まっている』

『娘が花御寮になってつらいから、しばらく家には来なくていいって言えばいいじゃない。傷心の家族には、皆きっと優しくしてくれるわよ』

『ずっとひとりの人間を、屋敷に閉じ込めておけるわけがない』

『安心して。ほとぼりが冷めた頃に一平と村を出ていくから。〝菊〟が村から消えたところで誰もなんとも思わないわよ』

レイカは床で気を失っている菊を一瞥して、舌打ちをする。忌々しげに吐かれたそれは、とてもただの従妹相手にするようなものではなかった。

『まあ、一時とはいえこんな女のふりをしなきゃだなんて、不本意で仕方ないけど』

『いいわね！　名案だわ！』

今までレイカの話を大人しく聞いていた母親は顔をきららかに輝かせ、娘のレイカに抱きついて喜んだ。

『この子が生きていてくれるなら、村の外だろうがどこでもいいわよ。ねえ、あなたもそう思いますでしょ！』

声も身体も弾ませたレイカの母親が、期待に満ちた顔で父親に目を向けるが、しかし父親のほうの顔色はよろしくない。

『そんなこと許されるはずがないだろう。もし身代わりがバレたら、どんなお咎めがあるか……っ』

『どうしてです！　あなたはそんなに娘をバケモノの生け贄にしたいんですか⁉』

『そんなことはない！　俺だってできることなら……いやしかし、やはり……』

村を欺くだけではない。強大な力を持った黒王という相手まで欺くことになるのだ。

彼が二の足を踏むのも当然と言えよう。

身代わりにする菊も、村の血が半分しか入っていない忌み子であり、他の村娘を差し出すほうがまだ問題は少ない。しかし、当然ながら代わりなど見つかるはずもない。誰だとて、恐ろしいあやかしなどに嫁ぎたくも嫁がせたくもないのだから。

『それより、レイカ。さっきお前は、自分を差し出せば後悔すると言ったが、それはどういう意味なんだ』

訝しげな目を向ける父親に、レイカはにんまりと唇に深い弧を描く。

『あたしのここに赤ちゃんがいるの……一平との』

『ここ』と言ったとき、レイカの手は自らの腹を撫でており、父親の顔からは血の気が失せ、抱きついていた母親は腹を凝視しながらよろりと半歩後ずさった。

『元々、あたしは花御寮になんかなれないのよ』

『レイカ、お前……掟を……』

『本当、神様って適当よね。わざわざこんな身ごもった女を選ぶんだから』

クスクスと誰へ向けてか分からない嘲笑をして、腹を押さえながら身体を揺らすレイカを、両親は恐ろしいものでも見るかのような目で凝視する。

『しょせん神事なんてそんなもの。掟も契約も守る意味なんてある？』

ここまで来れば、両親も腹をくくらざるを得なかった。

『ああ、一平は今仕事で村を出てたわよね。ちゃんと伝えといてね、お父さん。あなたの愛妻はちゃんと生きてるわよ、って』

こうしてあずかり知らぬ間に、菊の運命は決められてしまったのだった。

東の空が夜を連れて西に沈む夕日を追いかけ始めた中、界背村の村人たちも皆、帰路を急ぐ。しかし、ふといつもより夜が早いことに気づいた。まだ夜は東の端に現れた程度のはずなのに、やけに頭上の空は黒い。

そして、「なんだ?」と空を見上げた最初のひとりが驚きの声をあげて腰を抜かせば、異変に気づいた他の村人たちも空を見上げ、次々に鳩(はと)が豆鉄砲を食らったような顔になっていく。

「こりゃ、いった何事だ!?」

村の上空を、鳥の大群が覆い尽くしているではないか。

そして、黒く覆い尽くしているのは空だけではなかった。

「待て、見ろ!! 村長の屋敷が!」

村人が指差した先——村長の屋敷は、瓦よりも黒々としたものに覆われ、周囲を警戒するように鳥が飛び交っている。

「ふ、不吉の前触れだ……」

誰かが呟いた。

そして、そう思ったのは遠くから眺めている村人だけではなく、屋敷を烏に取り囲まれた村長もだった。

一日ももう終わるというところで家の扉を叩かれ、不機嫌まじりに村長は玄関扉を開けた。しかし、目の前に現れた、不吉を体現したような黒ずくめの男を見れば、村長の不機嫌などあっという間に飛んでいった。

「突然の来訪を許せ」

背の高い黒ずくめの男。浮世離れした臈長けた面差しは、帝都の貴人でもやってきたのかと思うほどに気品があふれている。

だが、そうではないと村長は判断できた。

藤の花を想起させるような紫の瞳と、髪の毛先。その色は、ハイカラな帝都の貴人はもとより人間ですらない。

「あ、あのっ……ど、どちら様で……」

目の前に立つ男の正体に薄々とは気づきつつ、それでも頭の片隅にあった『そんなはずはない』という常識が、村長に男を確認させた。

男はふっと、どこか馬鹿にしたように笑う。

「黒王……と言えば分かるか？　それとも、あやかしは現世には来られないとでも高をくっていたか」

「こっ……黒王様⁉」

そんなはずはない、がはっきりと現実となり、村長は声を震わせ、尻から地面に落ちた。

「どうやら、この黒王を謀った阿呆どもがいると聞いてな」

すぐに村長は彼の言う〝謀った〟がなにを指しているのかを理解する。

しかし、どうやってバレたのか、なぜ花御寮を送ってひと月近く経った今頃になってやってくるのか、と疑問は尽きない。

「う、噂の件は……その、わたくしも知ったばかりと言いますか……」

「ほう、どうやら噂はしっかりと長の耳にも届いていたようだな。ならば話は早い。その阿呆どもに、こちらで沙汰を下しても文句はあるまい？」

黒王は許可を求めている言葉を口にしているはずなのに、村長にはただの決定事項にしか聞こえなかった。いっぺんの反論も許さぬ威圧感に、村長はぶるぶると身体を震わせながら頷くほかない。

「し、しかし、どのようにして黒王様はこの件をお知りに……」

既に踵を返していた黒王が、ゆるりと顔だけで振り向く。肩口から覗く目が細められ、内側の紫は鈍く光った。

途端に、彼の向こうで見たこともない数の烏たちが、バサバサと羽音を立てて舞い飛び始めたではないか。

黒王はなにも言葉にしなかったが、目の前の光景を見れば充分だった。

「烏の……あやかし……」

言葉を失い口の動きだけでそう呟けば、黒王は口端を吊り上げ村長から視線を切った。

この世の者とは思えない美しい顔がニヤリと笑う姿は凄艶で、村長は黒王が背に現れた黒翼で空へとのぼっていく姿を、どこか他人事のように見つめていた。

古柴家は、娘を花御寮に出してからというもの、晴れでも昼でも常に雨戸は閉められ、使用人の出入りもなくなり暗い雰囲気が漂っていた。

どこか村の中でも浮いている。

しかし、それもそうだろう。

最初は娘を花御寮に取られて可哀想に、と村人たちは古柴家に同情していた。それが、村外の仕事から帰ってきた一平の『レイカは俺の子を身ごもっていた』という発言によって、腫れ物を触るようなものに変わった。

もう花御寮として送ってしまったのだ。もし一平の発言が本当だとしても、村はどうしようもない。だから村人たちは、万が一あやかしからのお咎めがあった場合、無関係だと言えるように関わりを控えるようになったのだが……。

「一平ったらもう帰っちゃうの？」

「ちょうど日も暮れたしな。それに明日は、また村外の仕事が入ってるんだよ」

レイカたちにとっては好都合だった。

ふたりは古柴家の地下につくられた座敷牢で、逢瀬を続けていたのだ。

そんなふたりにとって、いや古柴家にとって、周囲の目がなくなるのはちょうどいいことだった。

「にしても、本当にレイカが連れていかれたと思って焦ったよ」

「だからって、あんな騒がなくてもいいじゃない。おかげで妊娠してるってバレちゃったし」

「でも、その妊娠したレイカはもう村にいないんだ。村長も相手が古柴家ってこともあって、折を見て水に流すつもりだって話さ」

「それに相手が一平だもんね。古柴家も一平の成矢家も村の顔役だし、さすがに二家を敵には回せないでしょ」

男は、レイカの少しばかり丸みを帯びた腹を撫でた。

「もう、あたし以外に手を出しちゃだめよ」

「まだ言ってんのかよ。お前の妹……菊ちゃんだっけ？　確かに、脅かしてやろうと思って、ちょっかいはかけたけど未遂だよ。忌み子なんて本気で相手にするわけねぇだろ」

「それもそうね」

わざと甘えるように男の胸にしなだれかかるレイカに、男の鼻の下が伸びる。

村で一番の器量好しで、他の村娘たちを従える彼女が自分に懐いているというのが、たまらなく男の征服欲を満たしていた。村の若手で一番の男前と言われる自分と、彼女。互いの家は村を支える大家。

お互いこれ以上にない最高の相手だろう。

「レイカ、落ち着いたら村の外で暮らそう。俺は仕事って言えば、村外に出るのなんてわけないしな」

「もちろん！　こんな古くさい村なんかさっさと出たかったのよ！　じゃあ、街で結婚式を挙げましょうよ！　今流行のハイカラなドレスってのを着たかったの！」

そう遠くない未来を夢見て、レイカはキャッキャと少女のようにはしゃいでいた。

「本当、菊には感謝だわ。きっと、このときのためにあの子は生きてたのね」

「やっと役に立てたって、空の上で喜んでんじゃねぇの」

「あはっ！　それってもう食べられちゃったって意味ぃ？　まっ、でも実際そうかもね」

ひとしきり笑い、男が帰るからと腰を上げようとした瞬間、上から女の悲鳴が聞こえてきた。

「お母さん⁉」

その声は間違いなくレイカの母親の声で、レイカは立ち上がりかけていた男よりも早く地下を飛び出し、悲鳴の元へと向かった。

そして、両親が普段よくいる座敷に飛び込んだレイカは、眼前に広がる光景を見て眉根を思いきり寄せて絶句した。

腕を組んで佇んでいる見知らぬ男に向かって、両親が畳に額をこすりつけていたのだ。

見知らぬ男は身体の側面をこちらに向けているため、顔は髪に隠れはっきりとしないが、間違いなく村の人間ではなかった。

黒の着物に黒の袴に黒の羽織。背中に流れた髪の毛先だけは不思議な色をしていたが、それ以外は全部黒という不気味な出で立ちの男。

「な、なに……してるの？　あんた誰よ」

両親からの反応はなく、ただ虫の羽音のようなものが聞こえる。

耳を澄ましてみると、それが父親の「申し訳ありません」と、母親の「すみません」と呟き続けている声だと分かり、急激な嫌悪感が込み上げる。

「ちょっと、あんた！　あたしのお父さんとお母さんになにさせてんのよ!!」

黒い男が、ゆるりとレイカに顔を向けた。

「――っ!?」

レイカは黒い男の顔を見て、思わず息をのんだ。

向けられた表情は穏やかで、口元は柔和な線を引いている。瞳は紫色をしており、宝石のような硬質的な輝きは驚くほどに冷たかった。しかし、その冷たささすら彼の魅力のひとつになっており、つまりレイカはひと目で男に心を奪われたのだった。

「よくも、黒王たる俺を謀ったな」

そのひと言で、レイカは瞬時に相手の男が誰だか察した。

「黒王……って、まさか……烏の……あやかしの王？」

黒王はニヤリと笑んでいた口端を、さらに吊り上げてみせる。

「お前が本物のレイカだな。会いたかったぞ」

「本物……って、もしかしてあたしを迎えに来てくれたんですか！」

たちまち、レイカの表情が輝きに満ちた。

「やっぱり忌み子の菊じゃだめだったんですね！　お気持ち分かります！　確かにあなた様には、あんな醜くてみすぼらしい女など釣り合いませんものね！」

あれだけあやかしの嫁は嫌だと喚いていたレイカだが、黒王を目の当たりにしてコロリと掌を返した。

「おい、レイカ！　大丈夫か⁉」

一足遅れてやってきた自分の恋人に、レイカは冷ややかな目を向ける。

村一番の男前と称された者だとて、浮世離れした美男と並べば春霞よりも霞むというもの。

レイカは抜け目なく、黒王に婀娜っぽい視線を送った。

しかし、黒王は鼻で一笑した程度で態度に変化は見られない。黒王の視線はレイカの顔からどんどんと下がり、ピタリと帯の部分で止まった。

「なるほど。その腹の丸み……噂は本当だったか。そして、相手はそっちの男というわけだな」

黒王の紫が男へと向けられれば、男はぶわっと全身から汗を吹き出し、気圧されたように廊下で尻餅をつく。

「あ、あやかし⁉　なんだそいつの妖力……っ、こんなあやかし見たことねえよ」

ガクガクと震え尻餅をついたまま後ずさる恋人の情けない姿を無視して、レイカは黒王へとすり寄った。

「黒王様、この妊娠はあたしの意思ではなかったのです。そこの男に無理やり襲われ……」

レイカは同情を引くように目元を着物のたもとで押さえ、黒王の胸へとしなだれた。

しかし、やはり黒王は特に反応は示さず、菊と同じくらい背が低いレイカの頭を無感情な目で「ほう」と言って見下ろすのみ。

そこへ、レイカの母親が声を大にして入ってくる。

「む、娘の言うとおりでございます！　わたくしどもは神事の決定に従おうとしたのですが……そ、そう！　我が家で養っていた忌み子がそこの男と結託して、娘を無理やり手籠めにしたのです！」

「腹の膨らみからするに、神事が行われるより以前からのような気がするが？」

矛盾をつかれ、母親が青い顔して唇を噛む中、今度はレイカが話の続きを引き取った。

「妹はずっと、家での待遇に不満を持っていたのです。母の姉の子である自分のほうがあたしよりも偉いだとか、忌み子の自分は花御寮にはならないからと家を抜け出し、そこにいるような男たちと遊んだり……」

一瞬、黒王の目の下が引きつったことに、レイカは気づかない。

「とにかく妹の菊は！　高慢でわがままで男癖も悪く、あたしはいつもそれを諌めていたのですが、その仕返しをされこのような身体に。しまいには、花御寮を代わらなければ、掟破りだと村中に吹聴して回ると……うぅっ」

はらはらと涙を流すレイカは黒王の羽織にしがみつき、分かってくれと言うように羽織に涙を染みこませていく。

「と、娘は言っているが……親はどうなんだ？　真実か」

「娘の言うとおりでございます！」

「わたくし共には、どうしようもないことだったのでございます！」

間髪容れず、両親はレイカの言葉を〝是〟と認めた。

途端に、黒王は大口を開けて咆哮（ほうこう）するかのように笑い出した。

「あっはははは！　なるほどなるほど、すべて理解した」

両親とレイカの間に、ホッと安堵の空気が流れる。

「では、黒王様。あたしを黒王様の花御寮にしていただけるんですね！」

「ああ、連れていこう」

「本当ですか！」

黒王が羽織を握っていたレイカの手首を掴むと、レイカは頬を喜色に染め、目に希望を宿らせた。

「お前の両親も共にな。実に立派な親子だ、ここまでそっくりだとは」

「え？」

「ここに来てまで俺を謀ろうとはな。親子共々ここまで腐っていたとは」

「え……あの……えと？　黒王様、く、腐っているとは？」

クスクスとまるで馬鹿にしたように笑う黒王に、危険を察したレイカは黒王から距離を取ろうとする。が、黒王に手首を掴まれていて離れられない。

「痛――ッ!?」

それどころか手首を握る力はどんどんと増し、ギチギチと締め上げられる。

「勘違いしているようだが、俺はお前たちに罰を与えに来ただけだ。誰がお前のような餓鬼以下の女を花御寮にするものか」

吐き捨てるように言われた台詞に混ざった〝罰〟という言葉を、三人はしっかりと聞き取った。薄暗い部屋の中で三人は顔を蒼白にし、カチカチと奥歯を鳴らす。

「ちゃんと連れていってやるさ、三人まとめて……黄泉の国へな」

「い――っ、嫌あああああっ!!　助けてっ！　助けなさい、一平!!」

床でへたり込んだままの恋人に向かってレイカは必死に手を伸ばすが、相手の男は助けるどころか、彼女を恨めしそうな目で睨みつけるばかり。

「なんでよ！　菊が気に入らなかったからって、どうしてあたしたちが罰を受けないといけないのよ!?　そんなに花御寮が欲しければ、他の娘でも攫っていけばいいじゃない！」

「あの娘がお気に召さなかったのですね!? だからそのように罰などと……!」

「娘はこのとおり器量好しです! 腹の子はこちらでどうとでもいたしますので、何卒お許しください!」

この期に及んで問題がどこにあったのか分かっていない三人に、黒王は憐れみすら覚えた。

口々に「やめてください」と、餌を欲しがる雛鳥のように喚いている。雛鳥と違ってまるで可愛くはないし、情も湧かないが。

「菊も、お前たちに何度折檻をやめてくれと思っただろうなあ。お前たちはどれほど菊の言葉を聞き入れたんだ? どれだけ菊に涙を流させてきた」

「菊……って、嘘! まさかそんな……っ!?」

そこで、三人はようやく黒王がなにに怒っているのかを理解した。そして、今までの自分たちの発言がすべて、彼を逆撫でするようなものだったことも。

「ある意味お前たちには感謝しているよ。このような餓鬼よりも欲深い娘ではなく、清らかで愛らしい菊を送ってくれたことに。あれは俺の最愛の花御寮だ」

だから、と黒王はまだ逃げようとするレイカの手首を容赦なく握りしめる。

「血など流させず綺麗に死なせてやろう。数百年と同じ村の中で婚姻し続けても病が出なかった理由が分かるか? お前たちの身に流れる祓魔の力が、血の悪をも抑えていたからだ。では、その力がなくなったら？」

　もう声すら出ないのだろう。黒王の言葉を聞いても、三人は首をぶるぶると横に振るばかり。

「これからお前たちは急激に老い、この世に存在する数多の病がその身を蝕む。疼痛・疝痛・楚痛・酷痛あらゆる痛みに苛まれ、早々と死ねるだろうさ」

　なにかを言いたそうに開いては閉じを繰り返す三人の口からは、荒く浅い息が漏れている。

「黄泉の国も常世と繋がっているからな。向こうで俺に会えるかもしれんぞ」

　運がよければな、と黒王が言い終わると同時に、三人は糸が切れた人形のようにべちゃりと床に突っ伏した。

「え」とレイカは声を出したのだろうが、既に声は若さを失い枯れている。次第に三人の手には、干からびたような皺が刻まれ始めた。

「ッ嫌ああああッぁああぁ……ぁ……っ……！」

「これからの菊には、優しい世界しか必要ないからな」

　三人の叫喚はすぐにしわがれ、あっという間に耳にも届かなくなり沈黙した。

　黒王はレイカの涙が染み込んだ己の羽織を脱ぐと、汚いものを見るような目を向け、動かなくなった三人の上へと放り投げた。

真っ黒な羽織が醜くなった三人をすっぽりと覆い隠したのを確認し、黒王は満足げに踵を返して開け放たれた雨戸へと向かう。

しかし、黒王は廊下で腰を抜かしていた男の横で足を止めた。

「男、お前はしっかりと村の者たちに伝えろ。常世の者を軽んじるとこのようになる、とな」

男はぶんぶんと勢いよく首を縦に振る。

「お前が菊にした所業は知っているぞ」

腰を折って耳元で囁かれた言葉に、上下していた男の頭の動きがビタッと止まった。

「本当ならばこの場でお前も殺してやりたいが、伝える者がいなければならないだろう？　黒王を侮ったらどうなるか」

青を通り越して死人のように真っ白になった男の顔を見て、黒王はふっと鼻で笑うと屋敷を出ていく。

「ゆめゆめ忘れるな。俺たち鴉はいつでも見ているからな」

黒王が姿を消しても、古柴家の外からは豪雨のような数多の烏の羽音だけが聞こえていた。

終章　最愛の名を呼ぶ

昼から始まった菊と黒王の婚儀は、里長たちや屋敷の者が見守る厳かな雰囲気の中、つつがなく執り行われていた。

大広間に集った者たちの姿は人間とまったく同じで、菊は三三九度の杯を傾けながら、ここが常世であることを忘れてしまいそうになる。

それほどに穏やかな陽気に包まれ、祝い事にはもってこいの日和だ。

開け放たれた障子の向こうには庭園が広がっており、松や竹の他にも池や石灯籠、そしてたくさんの桜の木が庭を飾っている。

今こそ本領発揮と満開に咲き誇った桜は、風が吹くたびに薄紅の儚い雨で庭石を色づけていく。誰がこの万感の景色を見て、恐ろしいものが棲まうと言われる常世と思うだろうか。

三三九度を終え、緊張していた誓詞奉読も、用意された紙はありがたいことにすべて平仮名で書かれており、無事に間違えず読み上げることができた。

そうして、すべての儀式を終えると、集まっていた皆が一斉に叩頭する。

自分よりも年上の里長をはじめ、配膳に動いていた女官や若葉、進行を支えていた灰墨の皆が黒王と自分に頭を下げている状況に、菊はおたおたと動揺するが黒王は泰然としていた。

「祝着至極に存じます。ただ今よりあなた様は、我らが鴉一族の母となられました」

姿勢を低くした白髪の老爺が趣のある寂声で菊を迎える言葉を述べれば、後を追って他の者たちが一斉に「祝着至極に存じます」と声を揃えた。

「よかったな、これで俺たちは正式に夫婦だ」

「夫婦……ですか……」

「どうした、なにか気がかりなことでもあるのか」

己の胸にそっと手を置き見つめている菊に、黒王は首をかしげる。

「いえ、あの、その……それは……」

「それは？」

「とても……心がふわふわするものですね」

頬を桜色に染めてへにゃりと柔らかく笑う菊に、黒王はごくりと喉を鳴らした。しかし、すぐに何事もなかったように、温かな眼差しで「そうか」と頷く。

ふたりにとっては何気ないやり取りだったのだろうが、これを見ていた里長たちは目を丸くして黒王以上に驚いていた。

花御寮が来てからは少し雰囲気が柔らかくなったと思っていたが、これはその比ではない。

黒王は母親の件以降、あまり感情を露わにしなくなった。

次期黒王としての強い責任感からかあまり人を寄せつけず、いつも冷然として物事に淡々とあたっていた印象がある。彼の父親が亡くなったときだとて、彼は泣くこともせず新たな黒王としての役目を義務的にこなしていた。

そんな彼が、見たこともない顔をして、感情をめっぽうあふれ出させている。

驚くなというほうが無理だろう。

「おふたりの仲がよいとは聞いていたが……まさかこれほどとは」

里長のひとりが呟けば、周囲の者たちも首振り人形のようにうんうんと頷いていた。

立ち上がった若葉が、菊に手を差し出す。

「それでは、花御寮様あらため、菊様。屋敷の外で皆が待っておりますので、向かいましょう」

皆が待っているとはどういうことだろう、と菊が隣の黒王を見上げると、黒王は菊の手を握って頷いた。その握り方があまりにも優しすぎて、むしろくすぐったいくらいで、菊はつい笑みを漏らす。

「その可愛い笑みを、郷の者たちにも見せてやってくれ」

菊の頬に朱がさした。

「こ、黒王様は、なぜそのように恥ずかしいことばかり……っ」

可愛いだの、美しいだのと、ことあるごとに言われ、正直そのたび頭がクラクラしてしまう。出会った頃のあの冷たさは、はたしてどこに行ったのか。

「恥ずかしいことはないさ。可愛いものを可愛いと言っているだけだからな」

耳の先まで赤くなって俯くしかできなくなった菊を、皆が微笑ましく眺めていた。

◆

婚儀を終え屋敷の外に出る頃には、烏色の夜が東からやってきていた。

そんな中でも、若葉の言ったとおり、屋敷の前には大勢の者たちがずらりと居並んでいて、皆、口々に祝いの言葉を叫び、菊と黒王に拍手を送っていた。

すると人だかりの中から、トテトテとした足取りで子供たちが駆けてくるではないか。

「きくしゃまぁ！　おめでとうごじゃいます！」

「おめと――！」

手には野花を握りしめ、皆「はい！」と元気よく菊に突き出してくる。

ニコニコと向けられる顔はいっさいの曇りがなく、純粋に自分が黒王の花御寮となったことを喜んでいるのだと分かって、菊の口元もほころぶ。

「皆さん、ありがとうございます」

腰までしかない子供たちに合わせて屈み、順番にひとりずつから花をもらってい く。

「とっても綺麗です。お部屋に飾りますね」

「ありがとー、きくしゃま！」

次々にもらっていくと、ひとりの少年が一歩前へ進み出た。少年の肩にはこれまた小さな鳥がのっていたのだが、なんとくちばしにくわえた野花を「どじょ」と言って、ついと菊へ差し出したのだ。

これには菊も驚き「え!?」と上体をわずかに揺らし、目をパチパチと瞬かせる。

慌てた少年が丸い頭を下げる。

「ご、ごめんなさい、菊さま！　この子、ぼくの弟なんだけど、まだ小さいから人化できなくて……」

そういえば、以前に黒王が鳥のあやかしは人化して人の姿になっていると言っていた覚えがある。先日見た灰墨のように、目の前で鳥の姿になってくれればまだ驚かないのだが、ただの鳥かと思っていたところに、可愛いくちばしから人語が出てくると驚いてしまう。

「ごめんなさい……菊さまを怖がらせちゃって……」

少年は申し訳なさそうに顔を俯け、胸元で指をいじっていた。心なしか、少年の肩に乗った小鳥もうなだれているように見える。

こんなに鳥とは感情豊かなものなのか。

村にいるときは特別気にして見てはいなかったが、黒い羽根に覆われた真っ黒な瞳からは、『しょぼん』と落ち込んだ感情がありありと伝わってくる。

――な、なんて愛らしいのかしら……っ！

菊は、小鳥の前に掌を上向けて差し出す。

「可愛い鳥さん。そのお花を私にくださいますか」

たちまち少年も小鳥も目をキラキラと輝かせ、嬉しそうに口をパクパクさせる。

「大丈夫、怖いだなんて思ってませんから。愛らしいことをしてくれる鳥さんに驚いただけですよ」

小鳥から花を受け取ると、彼は小さな羽をパタパタとあおいでいた。なんだか言っていることが分かる気がして、菊が「私もです」と肩をすくめれば、小鳥と一緒に兄の少年もキャッキャと嬉しそうに跳ねたのだった。

そこで、菊はふと村での出来事を思い出す。

――そういえば、村にいるとき一度だけ、鳥と会話したような気がするのよね。

泣いている菊を慰めるように、涙が乾くまでじっとこちらを見つめていた。

深い紫色の目をした鳥だったと思う。

──まるで黒王様みたいな……。

振り返った先で、里長たちと話していた黒王と目が合い、ふっと首をかしげられる。

背中に流れていた彼の紫の毛先が、揺れた拍子に脇からちらっと見えた。

──あの烏の羽根も、毛先だけ紫がかっていたような。

そんなことを思っていると、視界の端からジリジリと近寄ってくる影に気づく。

「灰墨さん？」

名前を呼ぶと、灰墨はビクッと大仰に身体を跳ねさせて足を止めた。

なにか用事でもあるのかと菊のほうから近寄れば、灰墨の額にじわりと汗が滲む。

視線は明後日の方へと飛ばされ、上体は後ろへと反っている。

──やっぱりそうよね。婚儀を挙げたからって、急に受け入れられるものじゃないわ。

「あの、やはりまだまだ不充分でしょうが、たくさん学んで黒王様の妻の名に恥じないようになりますので……どうか、それまでもう少し待っていただけると──」

「ち、違う！」

「え？」

違うとはなにがだろうか。

「ああ、いや……黒王様の妻の名に恥じないようにしてほしいのは違わないけど、あーその……」

　菊が首をかしげて見つめるが、灰墨は額を抑えたり口元を隠したり後頭部をかいたりと、動きが忙しない。

　そして、「あー」と呻くような声をしばらく出した後、菊に真剣な顔を向け、真面目な声を出した。

「僕は、まだ人間のことが嫌いだ。人間がした黒王様への仕打ちを未だに許せない」

「はい」

　それはそうだろう。

　黒王の話を聞いて、菊ですら胸を痛めたくらいだ。そばにいた者たちはどれだけつらい思いをしたことだろうか。

「でも、あんたは、その……少しは信じてもいいのかな、って……」

　段々と声は小さくなっていき、最後はごにょごにょしてほとんど聞こえなかった。が、彼の気持ちは伝わった。

「私を……信じてくださるんですか？」

「あのとき、山で黒王様のために僕より先に動いたあんたは、きっと他の人間よりかはマシだと思うから」

　本当はすごくすごく人間が憎いはずだ。それでも彼は、自分を信じると言ってくれた。喜びよりも嬉しさが込み上げる。

「……っありがとうございます」

「あっ！　でも、これからは自重してよね！　あんたは羽もなけりゃ術を使えるわけでもないんだからさ——どわっ!?」

突然、菊に照れ隠し半分の説教をしていた灰墨の首に、見覚えのある袖が巻きついた。

「あんた何様よ、灰墨。菊様、こんなアホズミのことなんて気にしなくていいですからね。たんに黒王様をとられて拗ねていただけですから」

若葉は横から灰墨の首を抱き込んでおり、灰墨は無理やり腰を折る体勢を強いられている。

「は、離せよ、バカバ！　近いんだよっ!!」

「お口が悪いわあ？　聞こえなぁい」

「ああ、そういえば、黒王様も合わせた三人は幼馴染みでしたよね。そういう関係って羨ましいです」

「いや、この状況で羨ましいとか意味分かんないから!?」

若葉に頭をしっかりと固定された灰墨が、地面に向かって叫ぶ。

辺り一帯に笑いがこだました。

そして、菊は若葉に袂で目元を拭われたことで、自分の目に涙が浮かんでいたのだと気付いた。

郷の子供たちと戯れている菊の姿を、黒王は後ろの方から愛おしそうな眼差しで眺めていた。

「いやぁ、本当によき花御寮様を迎えましたなあ！」

里長のひとりである南嶺が隣にやってきて、太い腕を組みながら満足げに頷いている。

「にしても、まさか別の娘を送ってきていたとは」

当初、界背村より奉納された花御寮の名前が書いてある紙には、【古柴レイカ】と記してあった。しかし、実際に花御寮としてやってきたのは〝菊〟である。

「まあ、私共にとっては界背村の娘であれば誰でもかまいませんからな。それに、結果的にとても素敵な花御寮様でしたし、むしろ別の娘にしてくれて感謝しかありませんわ！」

ガハハと豪快に笑う南嶺に、黒王もそうだなと同意を示す。

ただし、心の中では密かに違うことを思う。

──俺にとっちゃ、〝誰でもかまわない〟ことはないんだがな。

「本当、菊が花御寮でいてくれてよかったよ」

──俺は、彼女がよかったんだ。彼女じゃないとだめなんだ。

花御寮にするのなら、最初から彼女がいいと思っていた。

界背村で黒王が行った制裁については、一部だが、婚儀の前に里長たちに伝えてある。古柴家は神事を軽んじ、身ごもっていた姉のふりをさせて妹を差し出した。ゆえに罰を与えた、と。

話を聞いた里長たちは、身ごもった娘を送ってこられるくらいなら身代わりのほうがありがたいと、口を揃えて言っていた。

ただし、菊が村の血が半分しか入っていない〝忌み子〟と呼ばれる存在だということは伏せた。

彼らが知れば反対されるだろうし、反対されたところで黒王は菊以外を迎える気などさらさらないのだから。同族間で下手に争うより、多少宿る妖力が低くとも、胸にしまって穏便に済ませたほうがいいに決まっている。

本当のことを知るのは黒王と灰墨のみ。

黒王は、古柴家を片付け、郷へと戻ってきたときのことを思い出す。

『なにか言いたそうだな、灰墨』

母屋を歩く中、郷に帰ってからずっとむくれた顔をして後ろをついてきている灰墨に、黒王は私室を目の前にしてようやく尋ねた。

まあ、灰墨がなにを思っているのかは察しがつく。

『……忌み子ってあの家族は言ってました』

『ああ、そうだな』

黒王はそれを菊の口から直接聞いていたし特に驚きはなかったが、やはり彼は気になるのだろう。

『お前を連れていかなければよかったな』

『僕はあなたの近侍なんです！　常におそばにいるのが役目です！　そんなこと言わないでくださいよ！』

『だったら受け入れろ。俺の決めたことだ』

『でも……それじゃあ次代の黒王様のお力が……』

『元々お前は、この習わしをやめたがっていたじゃないか。同じ郷の娘を嫁にとるのと、妖力が半分しかない娘を嫁にとるのとでは大差ないだろう』

異なった力をかけ合わせるから強い者が生まれるのであって、同族であれば大した意味はない。水に水を混ぜるのと同じことだ。

『それに』と、黒王は足元を見つめていた灰墨に、腰を折ってずいっと顔を近づける。

『だったらお前は、あの女のほうに来てほしかったとでも言うのか』

『あんなの絶っ対！　嫌です！』

ぶんぶんと横に首を振って間髪容れず拒絶した灰墨に、苦笑が漏れる。

『だったら分かっているな？　彼女のような花御寮は稀有なんだ。あんな……春のように温かな者は』

さて、ここまで言ったがそれでも反論してくるかな、と黒王が灰墨の反応を窺っていれば、予想外にも彼はケロッとして頷いた。

『確かに、それもそうですね』

『……急に物分かりがいいな』

灰墨は、やれやれと言わんばかりに、両手を上向け肩をすくめた。

『だって、あなたのそんな顔を見たら、もうなにも言えませんよ』

そうして、菊が忌み子である件については、黒王と灰墨の胸にだけしまわれることになったのだが――。

「なにをしているんだ？　あいつは」

そわそわと、灰墨が遠くもなく近くもない微妙な距離から菊を窺っているではないか。

「今まで花御寮に反対だと言っていたし、彼女につらい態度をとったこともあったからなあ。どうやって接すればいいのか、分からないんだろうな」

「なあ？　玄泰」と、黒王は人の輪から一歩下がり、後ろでひとり佇んでいた玄泰に並ぶ。

白髪白髭の老爺は細かい皺がたくさん入った顔で、菊を見るともなく見ていた。

微動だにしない彼の表情からは、感情が読み取れない。

「郷の外をうろついていたあやかしだが……確かに対応は済んだんだったな？」

賑やかな場の中、ふたりの間にだけ沈黙がまとわりつく。

ふたりは祝い事だと騒いでいる者たちの方を向いたまま、互いの視線も交わさない。

「……なぜ、婚儀の前にわたくしを処分されなかったのです」

ややあって、掠れたため息と共に玄泰が口を開いた。

「もうすべて分かっていらっしゃるのでしょう。わたくしが鬼を手引きしていたと」

やはりその声も、年季が入ったもので掠れている。

「それなのに……彼女をまた傷つけるかもしれないのに、どうして皆に黙ったままなにも咎められないのです」

昨日、菊が郷外に出たこともそこで鬼のあやかしに襲われたことも、里長たちは知らない。知るのは、菊の潔斎に付き従っていた者と現場にいた者だけだ。

「俺は、玄泰に菊を見てほしかった。人間ではなく俺が選んだ菊を。お前が取り仕切る婚儀で」

「なぜ……」

「確かに、人間の血に頼らねば維持できない血筋など、脆弱だと思う気持ちも分かる。人間に頼らずに生きていく方法があれば、そうしたほうがいいことも」

ただでさえ皺だらけの玄泰の目元に、さらに深い皺が刻まれる。

「人間は醜いものです。なにも持たない者たちに力を授けた過去の恩を忘れ、まるで初めから自分たちは特別だったと言わんばかりの振る舞い。だというのに花御寮に選ばれると、自分たちは被害者だとばかりに騒ぐのが、わたくしは気に食わなかったのですよ」

自分よりはるかに年上で、自分よりも長くこの郷を代々の黒王と共に見てきた重鎮。きっと自分が見てきたことや、書物で読んだものよりも、ずっといろいろなものを目の当たりにしてきたのだろう。

「先代様も先々代様も、花御寮様がどうやったら少しでも穏やかに過ごせるのかと心を砕いておりました。しかし……」

切った先の言葉は、聞かずとも分かっていた。

自分の母親は最悪の結末を迎えた。

それは彼女にとってだけでなく、父や子である自分、そして鴉一族にとっても最悪な結末だったのだろう。

あれから父は随分と憔悴し一気に老け込んで、今はもう帰らぬ人となった。

「私はこれ以上、我らが主が苦しむ姿など見たくなかったのですよ。もう……たくさん我らも苦しんできた。人間も我らも苦しむのであれば、力など捨ててしまえばいい」

確かにそれもひとつだろう。

だが今回、鴉一族の立場を再確認させられた。

鴉は、あんな雑魚の鬼にも侮られている。もし、郷の守り主である黒王の力が徐々に失われていけば、きっと他のあやかしも乗り込んでくるに違いない。鴉の耳目の多さと情報の早さは、どのあやかしも喉から手が出るほど欲しいはずだ。

「では聞くが、お前から見て菊という人間はどうだった」

「…………」

彼お得意の皮肉すら出てこないということは、そういうことなのだろう。認めたくないのに認めざるを得ないといったところか。

ただ、それでも無言というところが彼らしいというか、なんというか。

「三代にわたってお前はよく仕えてくれた。まあ、俺にとっちゃ、なに考えてるか分からない恐ろしい爺さんだったという印象が強いがな」

「あなたは、よく先代様の言いつけを破りなさったから」

「そうだったか？」

静かに喉だけで苦笑すると、隣からもふっと鼻で笑う気配があった。

「玄泰、そろそろ次の世代にその席を譲ったらどうだ」

暗に、今回の咎めを伝える。

「……そうですね。そろそろ、里でゆっくりするのもいいかもしれませんな」

玄泰は、珍しく黒王の言葉に反論を唱えなかった。

「安心しろ。一族は俺が守っていく……彼女と共に」

そこで初めて、玄泰は菊をしっかりと視界の中心に捉える。

郷の者たちに囲まれている彼女は、時折焦りながら、また恥ずかしがりながら、それでも皆の顔を見て一生懸命なにやら話していた。

「……善き春になりそうですな」

玄泰が空を仰ぐ。つられて黒王も空を見上げた。

風に流れていく薄紅の花弁が、郷の景色を華やかに色づける。

深い烏色の夜に際立つ繊細な薄紅は、まるで真っ黒な鴉たちが棲まう郷にやってきた彼女のようで、自ずと黒王の口元も和らぐ。

「そうだな。長かった冬も……もう終わりだ」

横目で玄泰の様子を窺えば、横顔には憂愁といくらかの喜色が見えた気がした。

黒王が隣に座った菊のいつもより乱れた髪を、指で梳きながら整えていく。

婚儀のために結い上げていた菊の髪は、乱れたからと若葉がほどいてくれ、今は普段のように下ろしていた。

「大丈夫か、菊。随分と皆にもみくちゃにされていたが」

「皆さんとても楽しくて親切で、私もちょっとはしゃぎすぎてしまいました」

あはは、と菊はまだ残る高揚と恥ずかしさに頬を上気させる。

婚儀の衣装のまま、菊と黒王はいつもの場所――東棟の広間で並んで、欄干の向こうに見える庭を眺めていた。

満月の煌々とした灯りに薄紅の桜がぼんやりと青白く浮かび上がって、幽玄な景色を作り出す。

「あの、黒王様。本当に皆さんは私でよかったんでしょうか」

「ああ、大丈夫だ。入れ替わりについては皆了解してくれた。むしろ、本来の花御寮が来るより菊が来てくれてよかったと喜んでいたよ」

「それは嬉しい限りです。それにしても、今回の件で古柴家がまさかそんなことになるだなんて……」

「菊が心配することじゃないさ。きっと村の外で何事もなく生きていくだろうし」

「それも……そうですね。レイカ姉様はずっと街に出たがっていましたし、意外と喜んでいるかもしれませんね」

「菊は優しいな」

昨夜、黒王は界背村の村長と話してくると出ていったわけだが、戻ってきて彼が教えてくれたのは、『村は古柴家の掟破りについて、古柴家全員を村外追放に処した』ということだった。具体的になにをどこまで話し合ったのかは聞いていない。

しかし、村のことにはもう興味がなく、深く聞く気もなかった。

「これで、もしあの鳥居を通って現世へ行くことがあっても会わずにすむな」

「そう思うと、ちょっとホッとします」

「よかった」

黒王に肩を抱き寄せられる。

「そういえば、菊」

「はい」

「菊は、俺に嘘はつかないと約束したよな？」

あっ、と菊は肩を跳ねさせ、じわりと窺うように下から黒王の顔を見つめる。

「あれはその……ど、どうせ捨てられる身だからと思っていて……お許しください」

膝に置いていた手が、着物をぎゅうと掴む。

菊の反応に、黒王は目を弧にして意地悪な顔で彼女を見下ろす。

「いいや、許さない」

「ええ⁉ そ、それは……どうしましょう。やっぱり針千本でしょうか⁉」

クッ、と黒王は笑いをこらえる。

「嘘をついたら俺の好きなようにしていいんだったな」

黒王は菊の肩を両手で掴むと、自分のほうへと菊を身体ごと向けさせた。

「え、あの⁉」

戸惑う菊に対し、相対する黒王の表情は、先ほどまでの茶目っ気たっぷりのものから男らしいものへと変わり、それがさらに菊を戸惑わせた。

しかし、黒王の誠実な雰囲気を感じ取り、菊は深呼吸をして心を落ち着かせる。

ふたりの間の空気が薄くなった、次の瞬間。

「菊、俺の妻になってくれないか」

予想していなかった言葉に、菊は思わず「え」と間抜けな声を出してしまった。

確か昼間に婚儀は済ませたはずだが。もしかしてすべて夢だったのだろうかなどと、頓珍漢(とんちんかん)なことすら考えてしまう。

「夢でなければ婚儀は既に……」

「それは黒王と花御寮としてのだろう? 掟とか習わしなど関係なく、俺は自分の意思で菊と結婚したいんだ」

まっすぐな紫色の瞳に射抜かれ、胸の内側がざわめきたった。

「私と、ですか……」

まつげを震わせ、目を大きく見開いている菊の頬を、黒王の手が撫でる。

「ああ。たとえ花御寮でなくても、俺は菊と結婚したかった」

「そんな……いつから……」

「初めて会ったときから、かな。きっと、俺は最初からお前に恋をしていたんだ」

——恋……。

触れられた頬から伝わる彼の熱が、首から胸へ、胸から背中を通って全身へと広がっていく。熱を持った身体はジンジンと痺れるようで、耳の奥で聞こえる鼓動は早鐘を打っていた。

「初めてというと、妻問いの儀の夜ですか」

菊が尋ねると、黒王はどこか気恥ずかしそうに曖昧な苦笑を漏らしていた。

それでも菊から視線は外れない。ただただまっすぐに、菊だけを紫に映していた。

深い紫の宝玉の中に。

「あ、怪我した烏……」

思うより先に、脳裏によぎった光景を口に出していた。

「やはり、手当てしてくれた彼女は間違いなく菊だったんだな」

「――っほ、本当にですか⁉」

今思えば、烏のあやかしなのだから烏姿になれるのは当然だ。事実、灰墨の烏姿も見たし、かつて黒王より人化というものも教えてもらっていた。

それでも、今の今まであの烏が彼に結びつかなかったのは、まさか人間の姿をもつ黒王が烏姿になれるとは思わなかったからで。

「それじゃあ、最初って……」

黒王の目が細まれば、それが肯定だと分かるくらいには日々を共にしてきた。

「なあ、菊。返事を聞かせてくれないか？」

尋ねる声はとても穏やかだ。

どうしてだろう、胸が酢でもかけられたように締めつけられて痛い。

けれど、それは決して嫌な痛さではない。

目が溶けそうなくらいに熱くなり、瞳の表面に水膜が張った端から鱗(うろこ)のようにぽろぽろと剥がれ落ちていく。

「ああ……菊、泣かないでくれ。驚かせてすまない」

黒王が困ったように笑うが、菊は首をぶんぶんと横に振った。

「本当にお前は泣き虫だな」

剥がれ落ちた透明な鱗は、苦笑する黒王の手をさらに濡らす。

「私……っわたし、こんなに……っ幸せで……いい、んですか……」

今日一日だけで一生分どころか、来世までの幸せも使い切ってはいないだろうか。

それほどに、今日は信じられないほど嬉しいがあふれすぎている。

いない者とされた自分の名前を、郷の者たちがたくさん呼んでくれた。親しみが感じられる声音で、何度も何度も『菊様』と笑顔と共に呼んでくれたのだ。

自分の意思なんかないものとされ、言いなりになることを求められてきたのに、彼は丁寧にひとつひとつ自分の意思を聞いてくれる。

涙を拭ってくれる者などおらず、ひとりですべての感情をのみ下さないといけなかったのが、今は涙を拭ってくれる手があり、心に寄り添ってくれる。おかげでいつの間にか、彼に笑われるくらい泣き虫になってしまった。

そして、掟などではなく、自分の意思で妻に迎えたいと彼が言ってくれている。

それらはどれも、菊が予想し得なかった最高の未来。

秘密を抱えて嫁いだ先は、幸せであふれていた。

「……っこんなに幸せで……私、怖いです……っ」

悔しいことに、次々と流れ出る涙のせいで視界が揺れて彼の表情が見えない。だが、正面で彼が笑った気配は伝わってくる。

「気づいているか、菊？　それは俺にとって最高の返事だって」

両手で頬を捕まえられ、そのままコツンと額を合わせられる。

「永遠に菊だけを愛すると誓うから、俺と結婚してくれ」

「……ッ……っ」

嗚咽のせいでうまく声が出せず、でもこの心のすべてを伝えたくて、菊は何度も何度も何度も黒王の言葉に頷いた。

菊から言葉での返事はない。しかし、時に言葉よりも伝わることはある。

いつも淑やかな菊が子供のように声をあげて泣く姿を見て、黒王の瞳も揺れ始める。

「なあ、菊。俺の名前を呼んでくれないか」

彼が言う〝名前〟が、いつも呼んでいる名前でないことはすぐに分かった。

それは、決して他人には知られてはならぬ名前。

ふたりきりの特別なときにだけ呼んでほしいと言われ、伝えられた名前。

「俺はお前だけに名前を呼ばれたいんだ」

黒王の気持ちが手に取るように分かる。

きっと、菊は誰よりも名前を呼ばれたいという欲望を知っている。

そして、好きな相手から名前を呼んでもらえたときの嬉しさも。

菊は一度、瞼をぎゅっと強く閉じた。内側に残っていた雫の欠片もすべて流れ落ちる。そうして瞼を開けば、すぐそこには彼の顔があった。目を赤らめ、目尻はわずかに湿っている。紫の瞳が『呼んでくれ』と言っていた。

そこに映った自分は、まるで夜半の檻に囚われているかのようだ。甘やかな欲が瞳の奥でチラチラと揺れ、見つめられるだけで彼の心が伝わってくる。

無意識に菊は黒王の頬に手を添えていた。

「紫月様」

桜の花がさやめくような菊の声は、柔らかく、優しく、そして温かかった。

風が疾った。

ザァッ、と薄紅の花吹雪が夜空に舞い上がる。

月明かりの中、照らし出された黒と薄紅だけが世界のすべてになる。

「私を、紫月様の妻にしてください」

満開の桜すらも霞むほどの、きららかな満面の笑みだった。

「ああ……菊。お前は俺の運命だ」

自然とふたりの唇が重なる。

触れるよりも長く、交わすよりも深く。互いに触れる手や唇は温かく、菊の心はそれ以上に熱かった。

夜空を染めた桜吹雪。

ひらひらと舞い上がった花びらが空から落ちて、まるで祝福の送花のようにふたりの周りを色づける。

離れていく熱に名残惜しさを感じながらも、ふたりは互いの瞳に自分が映る幸せを噛みしめた。

「紫月様、見てください。まるで雪みたいです」

「ああ……こんな温かな雪なら、悪くはないな」

それは、つらいことも嫌な過去もすべて忘れさせてくれるほどに幻想的な光景。

ひっそりと夜空に輝く満月だけが、ふたりきりの誓いを見ていた。

【了】

あとがき

はじめまして、巻村螢です。短編集のほうを読んでくださった方は、お久しぶりです！　このたびは、本書をお手に取ってくださり誠にありがとうございます。

こちらは昨年春に発売された『あやかしの花嫁～4つのシンデレラストーリー～』という短編集に、『忌み子は烏王の寵愛に身を焦がす』というタイトルで収録されたものの長編版です。

長編化のお話をいただいたときは、とても嬉しかったのを覚えています。またそのときに、編集さんから読者の皆様から長編化のお声が多かったと聞きまして、二重に嬉しかったものです。

私の物語が誰かの楽しみや喜び、笑顔になれているのならとても幸せなことだなと、この作品を練り直しながらしみじみと噛みしめておりました。ありがとうございます。

長編化にあたり、菊と烏王（本作では、黒王）のキャラクター像は変えていないのですが、キャラを増やしたり、若葉と灰墨の性格を少々変えたりと、短編では書けなかった活きのよさを加えました。おかげで、とても（灰墨に対して）腹黒い若葉や、ブラコンをこじらせた忠犬系灰墨を書けて、作者としましても大満足です。

また、なにか企んでそうな爺さまや『鬼』という他のあやかしも出すことができたりと、広く世界を使えて楽しかったです。設定や世界の練り込みができるのは、長編のよいところですね！（とても私事ですが、年長者が若者に強敵として立ちはだかるのが好きです。癖（へき）です。すみません）

また、絶対強者として書かれる鬼ですが、菊の黒王は鬼にも負けない力を持っていますし、菊を妻としたことでさらにパワーアップすることでしょう！

頑張れ初々しい新婚夫婦！　と、書き上げた今、作者は子離れして外よりエールを送ることに専念したいと思います。

どうか、皆様もこの恋を知ったばかりの鴉夫婦を、あたたかく見守っていただけますと幸いです。

改めまして、本書をお手に取ってくださった読者の皆様、一緒に作り上げてくださった編集のお二方、目を奪われる表紙で飾ってくださったセカイメグル様、刊行に際してご尽力くださった皆様方、本当にありがとうございます！　再び皆様のお目にかかれますことを祈っております。

それではまた、どこかの物語で。

巻村螢

この物語はフィクションです。実在の人物、団体等とは一切関係がありません。

巻村螢先生へのファンレターのあて先
〒104-0031　東京都中央区京橋1-3-1　八重洲口大栄ビル7F
スターツ出版（株）書籍編集部 気付
巻村螢先生

偽りの少女はあやかしの生贄花嫁

2024年2月28日　初版第1刷発行

著　者　　巻村螢　

発 行 人　菊地修一
デザイン　フォーマット　西村弘美
　　　　　カバー　北國ヤヨイ(ucai)
発 行 所　スターツ出版株式会社
　　　　　〒104-0031
　　　　　東京都中央区京橋1-3-1　八重洲口大栄ビル7F
　　　　　TEL　03-6202-0386（出版マーケティンググループ）
　　　　　TEL　050-5538-5679（書店様向けご注文専用ダイヤル）
　　　　　URL　https://starts-pub.jp/
印 刷 所　大日本印刷株式会社

Printed in Japan

ISBN　978-4-8137-1551-1　C0193

スターツ出版文庫　好評発売中!!

『拝啓、私の恋した幽霊』　夏越（なごし）リイユ・著

幽霊が見える女子高生・叶生。ある夜、いきなり遭遇した幽霊・ユウに声をかけられる。彼は生前の記憶がないらしく、叶生は記憶を取り戻す手伝いをすることに。ユウはいつも心優しく、最初は彼を警戒していた叶生も、少しずつ惹かれていき…。決して結ばれないことはわかっているのに、気づくと恋をしていた。しかし、ある日を境にユウは突然叶生の前から姿を消してしまう。ユウには叶生ともう会えない“ある理由”があった。ユウの正体はまさかの人物で――。衝撃のラスト、温かい奇跡にきっと涙する。

ISBN978-4-8137-1534-4／定価726円（本体660円+税10%）

『愛を知らぬ令嬢と天狐様の政略結婚』　クレハ・著

幼き頃に母を亡くした名家の娘・真白。ある日突然、父に政略結婚が決まったことを告げられる。相手は伝説のあやかし・天狐を宿す名家・華宮の当主。過去嫁いだ娘は皆、即日逃げ出しているらしく、冷酷無慈悲な化け物であると噂かれていた。しかし、嫁入りした真白の前に現れたのは人外の美しさを持つ男、青葉。最初こそ真白を冷たく突き放すが、純粋無垢で真っすぐな真白に徐々に心を許していき…。いつも笑顔だが本当は母を亡くした悲しみを抱える真白、特別な存在であるが故に孤高の青葉。ふたりは“愛”で心の隙間を埋めていく。

ISBN978-4-8137-1536-8／定価671円（本体610円+税10%）

『黒龍の生贄は白き花嫁』　望月（もちづき）くらげ・著

色彩国では「彩の一族」に生まれた者が春夏秋冬の色を持ち、四季を司る。しかし一族で唯一色を持たない雪華は、無能の少女だった。出来損ないと虐げられてきた雪華が生かされてきたのは、すべてを黒に染める最強の能力を持つ黒龍、黒耀の贄となるため。16歳になった雪華は贄として崖に飛び込んだ――はずが、気づけばそこは美しい花々が咲き誇る龍の住まう国だった。「白き姫。今日からお前は黒龍である俺の花嫁だ」この世のものと思えぬ美しい姿の黒耀に、死ぬはずの運命だった色なしの雪華は“白き姫”と溺愛されて…⁉

ISBN978-4-8137-1538-2／定価682円（本体620円+税10%）

『偽りの男装少女は後宮の寵妃となる』　松藤（まつふじ）かるり・著

羊飼いの娘・瓔良は“ある異能”で後宮のピンチを救うため、宦官として潜入することを命じられる。男装し、やってきた後宮で仕えるのは冷酷無慈悲と噂の皇帝・風駕。しかし、何故か風駕は宦官である瓔良だけに過保護な優しさを見せ…。まるで女性かのように扱い好意を露わにした。彼に惹かれていく瓔良。自分は同性として慕われているだけにすぎない、と自身に言い聞かせるが、風駕の溺愛は止まらず…。まさか男装がバレている⁉「お前が愛しくてたまらない」中華風ラブファンタジー。

ISBN978-4-8137-1537-5／定価715円（本体650円+税10%）

スターツ出版文庫　好評発売中!!

『鬼の生贄花嫁と甘い契りを五～最強のあやかしと花嫁の決意～』　湊 祥（みなとしょう）・著

生贄として嫁いでから変わらず、鬼の若殿・伊吹から最愛を受ける凛。幸せな日々を送る彼らに、現あやかしの頭領・大蛇から次期あやかし頭領選挙を行うと告げられる。対立候補は大蛇の息子・夜刀。花嫁の強さも比べられるこの選挙。人間の凛には妖力がなく負い目を感じるが「俺は凛がそばにいてくれているだけでいい。妖力なんかなくたって、そのままの凛でいいんだよ」優しい言葉をかけられた凛は伊吹のため、たとえ自分を犠牲にしてでも役に立ちたいと決意する。超人気和風あやかしシンデレラストーリー第五弾！

ISBN978-4-8137-1520-7／定価693円（本体630円+税10%）

『鬼の軍人と稀血の花嫁』　夏（なつ）みのる・著

人間とあやかしの混血である“稀血”という特別な血を持つ深月は、虐げられる日々を送っていた。奉公先の令嬢の身代わりに縁談を受けることになるが、祝言の夜、あやかしに襲われてしまう。深月を守ってくれたのは、冷たい目をした美しい青年——最強の鬼使いと名高い軍人・暁だった。「ずっと待っていた。君と出会う日を——」ある理由から“稀血”を求めていた暁は、居場所の無い深月を偽りの花嫁として屋敷に連れ帰る。最初はただの偽りの関係だったはずが…傷を秘めたふたりは徐々に惹かれ合い——。

ISBN978-4-8137-1521-4／定価660円（本体600円+税10%）

『たとえもう会えなくても、君のいた奇跡を忘れない。』　湊 祥（みなとしょう）・著

高校生・藍は、６年前の事故で両親を亡くしてから無気力になっていた。ところがある日、水泳大会の係を明るいクラスの人気者・蒼太と一緒にやることになる。何事にも一生懸命な蒼太に心を動かされ、少しずつ前向きさを取り戻す藍。「もう死ぬなんて言うなよ」どんな時も藍のことを守り、藍にだけ特別優しい蒼太に惹かれていく。でも、蒼太には、藍が遭った事故と関係する秘密があって——。ラストに隠された真実に涙!!

ISBN978-4-8137-1535-1／定価715円（本体650円+税10%）

『残酷な世界の果てで、君と明日も恋をする』　水瀬（みなせ）さら・著

高２の莉緒はあることから親友に裏切られ、学校での居場所を失くしていた。もう消えちゃってもいいかな——。と、歩道橋の手すりをつかんだある日、幸野悟と出会った。「また明日！」彼の言葉に、明日になれば、何かが変わるかもしれない…そう期待してしまう。翌日、莉緒と同じクラスに悟が転校してきたのをきっかけに、いつしか彼に惹かれていく。少しずつ日常が変わり始めてきたと思い始めたある日、悟の秘密を知ってしまい——。衝撃の事実に涙が止まらない、青くて痛い今を生きる君へ送る青春恋愛ストーリー。

ISBN978-4-8137-1533-7／定価704円（本体640円+税10%）

スターツ出版文庫　好評発売中!!

『龍神の100番目の後宮妃～宿命の契り～』　皐月なおみ・著

天涯孤独の村娘・翠鈴は、国を治める100ある部族の中で忌み嫌われる「緑族」の末裔であることを理由に突然後宮入りを命じられる。100番目の最下級妃となった翠鈴は99人の妃から虐げられて…。粗末な衣装しか与えられず迎えた初めての御渡り。美麗な龍神皇帝・劉弦は人嫌いの堅物で、どの妃も門前払いと聞いていたのに「君が宿命の妃だ」となぜか見初められて――。さらに、その契りで劉弦の子を身籠った翠鈴は、一夜で最下級妃から唯一の寵姫に!?　ご懐妊から始まるシンデレラ後宮譚。

ISBN978-4-8137-1508-5／定価693円（本体630円+税10%）

『さよなら、２％の私たち』　丸井とまと・著

周りに合わせ、作り笑いばかり浮かべてしまう八枝は自分の笑顔が嫌いだった。そんな中、高校に入り始まった“ペアリング制度”。相性が良いと科学的に判定された生徒同士がペアとなり、一年間課題に取り組んでいく。しかし、選ばれた八枝の相手は、周りを気にせずはっきり意見を言う男子、沖浦だった。相性は98%、自分と真逆で自由奔放な彼がペアであることに驚き、身構える八枝。しかし、沖浦は「他人じゃなく、自分のために笑ったら」と優しい言葉をくれて…。彼と過ごす中、八枝は前に進み、“自分の笑顔”を取り戻していく――。

ISBN978-4-8137-1517-7／定価682円（本体620円+税10%）

『はじめまして、僕のずっと好きな人。』　春田モカ・著

過去の出来事から人間関係に臆病になってしまった琴音は、人との関わりを避けながら高校生活を過ごしていた。そんな時、人気者で成績も抜群だけど、いつもどこか気だるげな瀬名先輩に目をつけられてしまう。「覚えておきたいって思う記憶、つくってよ」―そう言われ、強引に“記憶のリハビリ”とやらに付き合わされることになった琴音。瀬名先輩は、大切に思うほど記憶を失くしてしまうという、特殊な記憶障害を背負っていたのだった…。傷ついた過去を持つすべての人に贈る、切なくも幸せなラブストーリー。

ISBN978-4-8137-1519-1／定価715円（本体650円+税10%）

『僕の声が永遠に君へ届かなくても』　六畳のえる・著

事故で夢を失い、最低限の交流のみで高校生活を送っていた優成。唯一の楽しみはラジオ番組。顔の見えない交流は心の拠り所だった。ある日クラスの人気者、蓮杖紫帆も同じ番組を聴いていることを知る。深夜に同じ音を共有しているという関係は、ふたりの距離を急速に近づけていくが…。「私、もうすぐ耳が聴こえなくなるんだ。」紫帆の世界から音が失くなる前にふたりはライブや海、花火など様々な音を吸収していく。しかし、さらなる悲劇が彼女を襲い――。残された時間を全力で生きるふたりに涙する青春恋愛物語。

ISBN978-4-8137-1518-4／定価682円（本体620円+税10%）

スターツ出版文庫　好評発売中!!

『わたしを変えたありえない出会い』

この世界に運命の出会いなんて存在しないと思っている麻衣子（『そこにいただけの私たち』櫻いいよ）ひとり過ごす夜に孤独を感じる雫（『孤独泥棒』加賀美真也）ひとの心の声が聞こえてしまう成道（『残酷な世界に生きる僕たちは』紀本明）部活の先輩にひそかに憧れる結衣（『君声ノート』南雲一乃）姉の死をきっかけに自分に傷を付けてしまう寿璃（『君と痛みを分かち合いたい』響ぴあの）。そんな彼女らと、電車で出会った元同級生、家に入ってきた泥棒、部活の先輩が…。灰色な日常が、ちょっと不思議な出会いで色づく短編集。

ISBN978-4-8137-1495-8／定価715円（本体650円+税10%）

『きみは僕の夜に閃く花火だった』　此見（このみ）えこ・著

高二の夏休み、優秀な兄の受験勉強の邪魔になるからと田舎の叔母の家に行くことになった陽。家に居場所もなく叔母にも追い返され途方に暮れる陽の前に現れたのは、人懐っこく天真爛漫な女子高生・まつりだった。「じゃあ、うちに来ますか？その代わり――」彼女の“復讐計画”に協力することを条件に、不思議な同居生活が始まる。彼女が提示した同居のルールは――【1.同居を秘密にすること　2.わたしより先に寝ないこと　3.好きにならないこと】強引な彼女に振り回されるうち、いつしか陽は惹かれていくが、彼女のある秘密を知ってしまい…。

ISBN978-4-8137-1494-1／定価649円（本体590円+税10%）

『君の世界からわたしが消えても。』　羽衣音（はいね）ミカ・著

双子の姉である美月の恋人・奏汰に片想いする高２の葉月は、自分の気持ちを押し殺し、ふたりを応援している。しかし、美月と奏汰は事故に遭い、美月は亡くなり、奏汰は昏睡状態に陥った――。その後、奏汰は目覚めるが、美月以外の記憶を失っていて、葉月を“美月”と呼んだ。酷な現実に心を痛めながらも、美月のフリをして懸命に奏汰を支えようとする葉月だけれど…？　葉月の切ない気持ちに共感！

ISBN978-4-8137-1496-5／定価682円（本体620円+税10%）

『龍神と許嫁の赤い花印三～追放された一族～』　クレハ・著

龍神・波琉からミトへの愛は増すばかり。そんな中、天界から別の龍神・煌理が二人に会いに来る。煌理から明かされた、百年前にミトの一族が起こした事件の真相。そしてその事件の因縁から、天界を追放された元龍神・堕ち神がミトに襲い迫る。危険の最中、ミトは死後も波琉と天界に行ける“花の契り”の存在を知る。しかし、それは同時に輪廻の輪から外れ、家族との縁が完全に切れる契りだという…。最初は驚き、躊躇うミトだったが、波琉の優しく真っすぐな愛に心を決め――。「ミト、永遠を一緒に生きよう」

ISBN978-4-8137-1497-2／定価671円（本体610円+税10%）

スターツ出版文庫　好評発売中!!

『青春ゲシュタルト崩壊』　丸井（まるい）とまと・著

朝葉は勉強も部活も要領よくこなす優等生。部員の仲を取りもつ毎日を過ごすうちに、本音を飲み込むことに慣れ、自分の意見を見失っていた。そんなある日、朝葉は自分の顔が見えなくなる「青年期失顔症」を発症し、それを同級生の聖に知られてしまう。いつも自分の考えをはっきり言う聖に、周りに合わせてばかりの自分は軽蔑されるはず、と身構える朝葉。でも彼は、「疲れたら休んでもいいんじゃねぇの」と朝葉を学校から連れ出してくれた。聖の隣で笑顔を取り戻した朝葉は、自分の本当の気持ちを見つけはじめる——。

ISBN978-4-8137-1486-6／定価814円（本体740円+税10%）

『またね。～もう会えなくても、君との恋を忘れない～』　小桜菜々（こざくらなな）・著

もうすぐ高校生になる菜摘は、将来の夢も趣味も持たないまま、なんとなく日々を過ごしていた。そんな中、志望校の体験入学で先輩・大輔と出会い、一瞬で恋に落ちてしまう。偶然の再会を果たしたふたりの距離は、急速に近づいていって…。別れ際の大ちゃんからの“またね”は、いつしか菜摘にとって特別な言葉になっていた。そんなある日、両想いを夢見る菜摘の元に彼から、“彼女ができた”という突然の知らせが届いて…。切なすぎる恋の実話に涙が止まらない‼

ISBN978-4-8137-1482-8／定価704円（本体640円+税10%）

『冷酷な鬼は身籠り花嫁を溺愛する』　真崎奈南（まさきなな）・著

両親を失い、伯父の家で従姉妹・瑠花に虐げられる美織。ある日、一族に伝わる“鬼灯の簪”の封印を瑠花が解いてしまい、極上の美貌をもつ鬼の当主・魁が姿を現す。美織は、封印を解いた瑠花の身代わりとして鬼の生贄となるが——。冷酷で恐ろしいはずの魁は「この日が来るのを待ち焦がれていた」と美織をまるで宝物のように愛し、幸せを与えてくれる。しかし、人間があやかしの住む常世で生き続けるには、あやかしである魁の子を身籠る必要があると知り…。鬼の子を宿し運命が変わる、和風あやかしシンデレラ物語。

ISBN978-4-8137-1484-2／定価660円（本体600円+税10%）

『水龍の軍神は政略結婚で愛を誓う』　琴織（ことおり）ゆき・著

あやかしの能力を引き継ぐ“継叉”の一族にもかかわらず、それを持たずに生まれた絃はある事件をきっかけに強力な結界へ引き籠っていた。十八歳になったある日、絃の元へ突如縁談が舞い込んでくる。相手はなんと水龍の力をもつ最強の軍神、冷泉士琉だった。「愛している。どれだけ言葉を尽くそうと、足りないくらいに」愛などない政略結婚だったはずが、士琉は思いがけず、絃にあふれんばかりの愛を伝えてくれて——。一族から見放され、虐げられていた絃は、士琉からの愛に再び生きる希望を見出していく。

ISBN978-4-8137-1485-9／定価726円（本体660円+税10%）

書店店頭にご希望の本がない場合は、書店にてご注文いただけます。